徳間文庫

仕《し》舞《まい》屋《や》侍《ざむらい》

辻堂 魁

徳間書店

目次

序　不忍池《しのばずのいけ》

寛政《かんせい》のご改革が始まって以来、人々の暮らしぶりは落ちつきをとり戻していた。先の田沼《たぬま》さまが御老中首座《ごろうじゅうしゅざ》に就《つ》かれていた天明《てんめい》の世と比べ、当代の松平《まつだいら》さまの施政では景気が悪くなった、物が売れなくなった、と嘆く人々がいる。けれど、あの狂騒じみた世が終わった途端、町内のご隠居がふとわれにかえって年《とし》甲《が》斐《い》もなく浮かれていたおのれのふる舞いに気づき、気恥ずかしげに肩をすぼめてとりつくろっている、そんなどこか世の停滞を思わせる空虚が、江戸市中に蔓延《まんえん》していた。

その年が明けた初春の夜更け、不忍池は里俗《りぞく》にお花畑と呼ばれる上野山内に沿った往来に近い池《いけ》の端《はた》通りで、東叡山寛永寺《とうえいざんかんえいじ》の山同心が斬《き》られた。

広小路《ひろこうじ》より谷中《やなか》町方面へ池の端通りを差しかかった納豆売りのぼてふりが、通りにうつぶせになった山同心の黒羽織を見つけたのは、その夜明け前だった。

ぼてふりは仁王門前町の番所に知らせ、仁王門前町の自身番から知らせを受けた北御番所の黒巻羽織の当番同心と紺看板に梵天《ぼんてん》帯の中間《ちゅうげん》が、一刻《いっとき》後の六ツ半（午前七時）前、現場《げんじょう》のある池の端通りに到着した。

亡骸《なきがら》は、遠巻きにちらほら集まった野次馬や町役人と朋輩《ほうばい》の山同心らが囲む中に、筵《むしろ》莫蓙《ござ》をかぶせて横たえてあった。

あたりは、池の端の木々や藪《やぶ》に囲まれて茶屋が点在しているものの、夜は人通りが途絶える寂しい往来である。

通りの南方に、池中に浮かぶ弁天島《べんてんじま》が見え、茶屋の屋根屋根が弁天堂を囲み、土手と島を結ぶ太鼓橋を早や参詣客らしき姿が渡っていた。

「仏には、触《さわ》っちゃいないな」

到着したばかりの当番同心は、筵莫蓙をめくった町役人に声をかけつつ、亡骸の傍《かたわ》らへかがんだ。

「仏さんに筵をかぶせただけで、何も触っておりません。見つけられたときのままでございます」

「刀は抜いていなかったんだな」

斬られた山同心は、塗りがすこし剝《は》げた黒鞘《くろざや》の二刀を帯びたままだった。

「へえ。抜いてはおりませんでした」

町役人の隣の納豆売りのぼてふりが答え、周りの朋輩らが陰鬱《いんうつ》な顔つきで見下ろしている。

「おめえが、仏さんを見つけたんだな」

当番同心がぼてふりに、見つけたときの様子を訊《き》いた。

亡骸は黒羽織と縞袴《しまばかま》、黒足袋《たび》に雪駄《せった》の片方が脱げ、土色《つちいろ》の木偶《でく》のような顔の中に薄く開いた目を、光を遮る木々へ茫然《ぼうぜん》と投げていた。月代《さかやき》に載せた銀杏髷《いちょうまげ》は元結《もとゆい》が弛《ゆる》んでほどけそうだった。

顎《あご》とこけた頬《ほお》がざらついた土で汚れていた。

腹と胸に刀疵《かなたきず》を幾つか受け、背中に止《とど》めの突き疵が認められた。

刀疵から見て、斬った者は相当の腕前らしかった。

夥《おびただ》しい血痕が往来に黒ずんで残っており、血痕のそばに雪駄の片方が裏がえしになって、血のついた布の財布が捨てられてあった。

「若い男だな。仏の身元はわかるかい」

当番同心は町役人とぼてふりから、周りに佇《たたず》む数人の亡骸と同じ黒羽織に縞袴の山同心らへ眼差《まなざ》しを移した。

「この者は三屋半次郎《みつやはんじろう》です。われらの朋輩《ほうばい》で、われらは御山に勤め警備を承《うけたまわ》っております」

ひとりが答えた。

「あんたら、御山のお役人さんだね」

さようです——と、山同心らが頷《うなず》いた。

忍岡《しのぶがおか》、すなわち上野の御山の東叡山寛永寺には専属の同心が抱えられ、山内の警備を掌《つかさど》っている。俗に《山同心》と呼ばれていた小役人である。

「山同心じゃあ懐《ふところ》があったかそうには、見えねえが……」

当番同心は亡骸へ顔を戻し、小声で呟《つぶや》いた。

それから中間《ちゅうげん》に命じて亡骸の袖《そで》の中を調べさせ、自らは十手《じって》の先で襟元《えりもと》を寛《くつろ》げ、懐中を確かめた。

懐中や袖に持ち物は見あたらなかった。

煙草《たばこ》入れや矢立、根付け、印籠《いんろう》、何かを控える帳面とか、そういった類《たぐい》の物もなかった。

当番同心は亡骸の傍らを離れ、血痕の周りの足跡や、片方だけの雪駄と財布以外に手がかりになる物が周辺に残されていないか、腰を折り曲げて入念に探り、中間がそ

れに倣《なら》った。財布を調べ、一文《もん》の金も残っていないことを確かめると、

「刀は足がつきやすい。刀以外の金目の物は持ち去った、ってえわけか」

と、財布と片方の雪駄を再び筵莫蓙をかぶせた亡骸の傍らにおいた。

「流しの、手口ですかね」

中間が流しの追剝《おいは》ぎ、物盗《ものと》りの類の仕業《しわざ》を疑った。

「どうだかな。仏のあり様からすりゃあ、暗い夜道でいきなり斬りかかられ、倒れたところに止《とど》めを刺された。仏は刀を抜く間もなかった。足跡の様子から、おそらく襲ったやつはひとりか、せいぜい二、三人。相当の腕利《うでき》きだな」

「食いっぱぐれの浪人者が、怪しいですね」

「まだ決めつけるのは早《はえ》え。どっちにせよ、疵は数ヵ所ある。流しにしちゃあ、ずいぶんと念入りな手口だぜ」

と、当番同心は呟きつつ、町役人に訊いた。

「この道の先は谷中町だな？」

「へえ。ここから道なりにとって、清水坂を上れば谷中町に出られます」

江戸の場末にあたる谷中町には、感応寺《かんのうじ》門前の新茶屋町がある。

池の端通りを南方へゆけば、池之端仲町の盛り場や下谷広小路に出ることができる。

当番同心が北から南の池の端の方へ眼差しを流したとき、忍岡の女坂から通りへ山同心風体《ふうてい》と女の二人連れが姿を現わし、こちらへ向かってきた。

「あ、熊代《くましろ》さんがくるぞ。三屋の女房も一緒だ」

山同心のひとりが言った。

山同心の後ろに従う女は、遠目にはほっそりとした身体《からだ》つきで、淡い鶯《うぐいす》色の小袖に黒地へ赤い模様の入った幅広の帯を締めていた。

「三屋の女房？　仏さんの身うちか」

当番同心が二人を見やって、誰にともなく訊《き》いた。

「そうです。後ろの女が……」

ひとりが答え、当番同心は女房をじっと見つめた。

女房は少しうつむき加減で、しかしまだ離れていたため器量はよくわからなかった。

ただ、顔色がひどく白々として、前を歩く同心に続いて足早に近づいてくる様子に、何が、とは言えない冷たい気《け》だるさを覚えたのは、当番同心の錯覚に違いなかった。

二人が現場《げんじょう》のそばまできて、野次馬や町役人らが囲みを開いた。

当番同心は熊代という名らしき山同心と会釈《えしゃく》を交したが、女房は当番同心の足下の亡骸から目をそらさなかった。まばたきもせず、怒っているみたいな黒目がちな目を見開いて、亡骸を睨《にら》んでいた。

なんでえ、存外いい女じゃねえか……

当番同心が思い、女房に声をかけようとしたとき、怒っているみたいに見開いた黒目がちな目から、ぼっ、と涙があふれ出た。

其の一　番町黒楽《くろらく》の皿屋敷

一

「でね、若いお女中は、お許しを、と乞《こ》いながら屋敷中を逃げ廻《まわ》った。殿さまはそれを追いかけて、許さん、と後ろからばっさりひと太刀《たち》を浴びせた。ぶっと血が噴《ふ》き出た。かどうかはわからねえが、家の者が寄ってたかって殿さまをおとめした」

と、小柳町《こやなぎちょう》とお兼新道《かねしんみち》を挟《はさ》んだ平永町《ひらながちょう》の南角に、弓矢を描いた幟《のぼり》を軒先に立て、《男湯》《女湯》《平永町》と紺地に白くぬいた軒暖簾《のきのれん》を下げた湯屋の主人・藤五郎《とうごろう》が言った。

藤五郎の向かいに横になって、煙管《キセル》の羅宇《ラウ》を指先でくるくると廻している総髪に一文字髷《まげ》の男が「うむ……」と、生返事をした。

藤五郎と男の間には、煙草盆と茶碗がおいてある。

「殿さまは家の者のとりなしでようやく怒りを鎮《しず》められ、その場はどうにか事は収まった。すぐに医者が呼ばれ、お女中の疵《きず》は浅くはねえものの、幸い一命をとりとめたから、やれやれ、と一同胸をなで下ろした。ところが、お侍が奉公人のささいな粗相《そそう》を咎《とが》めて、人を虫けら同然に手打ちにいたす、なんてことが許されるご時世じゃねえ。しかもお女中は本銀町《ほんしろがねちょう》の老舗《しにせ》の商家のお嬢さまときた」

男はまただるそうな返事を藤五郎へかえし、煙管を玩《もてあそ》んだ。

「お女中の父親は、町人とは言え、手代や小僧を数十人と抱える相応の商人だ。金はあるし気位《きぐらい》も高い。黒楽《くろらく》の皿がどれほどの家宝であろうと、一枚や二枚損なったとて、所詮《しょせん》、金で済むことではないか。人の命には代えられぬ。ましてやわが大事な娘を疵つけられては断じて許せぬ、と怒り心頭に発した」

金持ちの町家の娘が有力武家のお女中勤めによって、行儀作法を身につけるというのがあった。武家には町家から高価なつけ届けがあったし、町家の娘は身分のある武家のお女中勤めで箔《はく》がついた。世の中、身分が物を言った。

「一方、武家としては事を表沙汰《おもてざた》にはしたくない。高々、黒楽の皿一枚を割った粗相で行儀見習いのお女中を疵つけたと表沙汰になっては、お城勤めの障《さわ》りにもなりかねない。また、町家の評判を悪くしては、武家も何かと物要《い》りな太平の世に、金廻りのいい町家の支援が得られず手元不如意《ふにょい》という事態を招いては体裁が悪い。そういうわけで双方話し合って円満な解決を図りたい、という運《はこ》びになった」

男はやはり生返事しかせず、煙管の吸い口で総髪をかいた。

こそりこそり、と煙管を動かす仕種《しぐさ》も気《け》だるげである。

そこは平永町の湯屋の、男湯の脱衣場から階段を上がった二階の広い休憩部屋である。

寛政のご改革が始まって、一昨年《おととし》、湯屋は混浴が禁止になった。

休憩部屋は入浴料の八文のほかに、使用料が八文かかる。

湯気を上げる茶釜が竈《かまど》に据《す》えられ、茶碗や菓子箱を並べた棚があり、茶汲《く》みの女が番をして、茶や桜湯つきの菓子をもう八文で客に供してくれる。

朝の早い職人や勤め人の客が退《ひ》いたこの刻限、湯上りの客はみな町内の顔見知り同士で、三人の隠居が茶菓を喫しつつ談笑し、ひと組が囲碁《いご》にのんびりと興じ、あとは休憩部屋の隅で藤五郎とひそひそ話を交わしている男だった。

客が減って手が空《あ》いた茶汲みの女が、茶釜の竈のそばで絵草子を読んでいた。

出格子窓の明障子《あかりしょうじ》が閉じられ、竈の火が部屋をほどよく暖め、春と言ってもまだ冬の名残《なご》りを留《とど》めたお兼新道の寒気を防いでいた。

白い明障子に、朝四ツ（午前十時）すぎのやわらかな日差しが二階の軒影を映している。

男が煙管の吸い口でかいた総髪には白い物が目だった。少々日焼けした広い額《ひたい》の下に、きれ長の二重《ふたえ》の目を伏せがちにして、くっきりと通った鼻筋と大きめの唇をわずかに歪《ゆが》めて結んだ様子は、どことはなしに図太い気性を感じさせる。

と言うより、目から鼻、唇、と整っていながら、相応に刻んだ目元の皺《しわ》や総髪の白髪、やや張った頬骨《ほおぼね》と頬が作る陰翳《いんえい》、角張った顎《あご》の線が、多少の事に動じる歳《とし》ではなくなった老いを男の風貌《ふうぼう》に与えている、というべきかもしれない。

二階休憩部屋は、侍の客が刀を預けるところでもある。

そのため刀はないが、風貌から察するに、どうやら男は侍らしく、侍ならばすでに老侍と言ってよい年ごろに違いなかった。

湯上りの浴衣《ゆかた》へ布子《ぬのこ》の半纏《はんてん》を着けた格好で横になったまま、煙管の火皿に刻みをつめた。そして火入れの火をつけ、気持ちよさげに吹かした。

対する湯屋の主人・藤五郎は、茶の着流しによろけ縞《じま》の羽織を羽織った四十六、七の小太りで、老侍の反応を少しも気にかけず大方ひとりで喋《しゃべ》っていた。

「ざっと、そういう事情でやす。簡単な仕事でしょう。向こうには、元御目付《めつけ》役のよく練れたお方に間に入っていただきやすので、なんとかなるでしょうと、伝えておきやした。元御目付役と聞いて、向こうの用人《ようにん》はどなただ、名はなんと申されると、目を丸くしておりやした」

「うむむ……」

元御目付役と言われた老侍は、またしても生返事をした。しかし藤五郎は、

「よし、決まりだ。旦那《だんな》、頼みやしたぜ」

と、そんな頼りない返事で十分なのか、元御目付役の旦那とはいつもこんな調子で了解し合えるのか、相好《そうごう》をわずかにくずし、そそくさと立ち上がりかけた。

「気になるな」

そのとき旦那が、相貌に似合った低く通るひと声を、藤五郎にかけた。

「何が気になりやす」

立ち上がりかけた藤五郎は、膝《ひざ》立ちの格好で旦那を見下ろした。旦那は寝転がったまま、灰吹きに雁首《がんくび》をあて吸殻《すいがら》を落とした。

「家宝の黒楽の皿は、いかほどの代物だ」

「用人の言うところによると、三百両はくだらねえと」

「ずいぶんな家宝だな。お女中は奉公を始めてどれくらいになる」

「一年かそこらで……」

旦那は上体を起こし、指先の煙管を煙草盆へ捨てた。

壁に背を凭《もた》せかけて片膝を立て、膝頭へだらしなく片手をのせた。

旦那に合わせて藤五郎が坐《すわ》り直した。

瘦《や》せてはいても、旦那の上体だけで小太りの藤五郎より幾ぶん大柄なのがわかる。

「奥方は、どのようなお方だ？」

「殿さまは、まだ奥方を迎えておりやせん。先代が殿さまの幼い童子のころに亡くなって、伯父《おじ》とかが後見人にたって子供のときに家督を継いだ。そういうわけで殿さまに弟や妹はおらず、番町《ばんちょう》のお屋敷に奉公人以外は母親と二人だそうでやす」

「母親と二人か。殿さまは幾つぐらいだ」

「二十六歳、と聞きやした」

「お女中は十七か。当然、歳若いお女中が家宝の皿に触れるのを、母親は承知していたのだろうな」

「さあ、そこまでは……それが気になるんで？」

「ふむ、三百両もする家宝の皿を奉公を始めて一年かそこらの若いお女中に扱わせるのは、いかにも無用心に思えるが。おれなら手が震《ふる》えて一枚どころか、四、五枚は割ってしまいそうだ」

「扱わせていたんでしょうねえ。でなきゃあ、割ることができやせん」

藤五郎は真顔で答えた。

「八百石の旗本に、ほかにお家の奥向きなどを心得たお女中はいなかったのかね。だいたい、十七のお女中はそんな高価な家宝の皿をどうしておったのだ」

「詳しいことは旗本屋敷へいって、直《じか》に訊《たず》ねてくだせえ。こっちは例《れい》によって本銀町《ほんしろがねちょう》の商家の方をあたりやす。近所の評判や噂《うわさ》を集めておきやすから」

「よかろう。旗本屋敷へは今日の午後、いってくる。ところで……」

そこで旦那は、煙管にまた刻みをつめた。

「家の手伝いの婆《ばあ》さんは、見つけてくれたか」

「あたっておりやす。もうちょいと、お待ちくだせえ」

「早くしてくれ。簡単な家事と留守番さえしてくれれば、いいのだ」

すると藤五郎はそれまでの真顔をくずし、急にくだけた素《そ》ぶりを見せた。

「いっそのこと、若い女房でももらいやすか。旦那がその気なら、お世話して差し上げやすぜ。働き者で、ぴちぴちしたのを」

「ふむ、考えておこう。だがそれまでは、婆さんでいい」

と受け流した旦那は、煙草盆を持ち上げて煙管の雁首を火入れに近づけた。

二

午後、元御目付役という旦那は、薄ねず地に渋茶の棒縞の入った羽織と紺袴、白足袋に革張りの雪駄、それに菅笠《すげがさ》をかぶった拵《こしら》えで番町の坂をのぼった。

五尺七寸の痩軀《そうく》ではあるが、幅広い肩に初春の午後の日が降っていた。

近ごろは寒いのが堪《こた》える。若いときは、少々の寒さは気にならなかった。

それにこの坂道だ。江戸の町は坂が多い。昔は、こればかりの坂はひと息に駆け上がった。

つまらぬな、歳をとるのは、と旦那は青空に浮かぶ無常の雲にぼやいた。

表番町の旗本八百石・新番衆の室生《むろお》家は練塀《ねりべい》を廻《めぐ》らし、長屋門の鉄鋲《てつびょう》打ちの門扉《もんぴ》がひっそりと閉じられていた。

門番所はなく、小門をくぐった前庭の先に見える玄関式台の屋根に、柊《ひいらぎ》の枝がかかっていた。

玄関式台で菅笠をとり案内を乞うと、若党ふうの若い男が出てきた。

「九十九《つくも》九十郎《くじゅうろう》と申します。本日、ご当家室生さまの……」

と、九十九九十郎と名乗った旦那は、ゆったりと腰を折った。

若党は、「お待ちいたしておりました」と、心得た応対だった。

書院造りの客座敷に通され、茶が出てしばらく待たされた。

落ち縁になった縁廊下と練塀が囲む広い庭があり、庭には石灯籠《どうろう》とそこにも柊の木が枝葉をのばし、穏やかな日が降っていた。

また春が廻りきたか、ありがたいありがたい、となんでもない景色に幾ぶん寂寥《せきりょう》が兆《きざ》すのも、この男、九十九九十郎が歳をとったせいかもしれなかった。

唐紙《からかみ》の外に足音が聞こえた。

座敷へ入ってきたのは、若い主人の室生伸之助《しんのすけ》、母親・昌《まさ》、そして望月万蔵《もちづきまんぞう》という四十二、三の用人だった。母親の昌は九十郎と同じ年ごろに見えた。

九十郎は畳へ手をつき、改めて名乗った。

「九十九九十郎か。手を上げよ。室生伸之助だ」

床の間を背に坐して言った伸之助は、甲高《かんだか》い声で少し高飛車《たかびしゃ》に言った。

母親の昌が訝《いぶか》しげに九十郎の様子をうかがっている。九十郎の右手、唐紙を背に着座した望月が訊いた。

「九十九どのは元御目付役とうかがいました。今はご隠居をなされておられるのでしょうが、お屋敷はどちらでござる」

御目付は家禄百五十石から三千石までの旗本の、家柄、能力共に選《え》りすぐりの者が就く役目である。役目を退いても、公儀直参《じきさん》の旗本であることに変わりはない。

「わたくし、七年前に御小人目付《おこびとめつけ》の役目を退き、ただ今は組屋敷を出て浪々の身となっております。住まいは神田小柳町でございます」

望月が「あっ」と声をもらした。

仲之助は唇を尖《とが》らせ、やはりな、というふうに母親の昌へ頷きかけた。

昌は眉《まゆ》をひそめて九十郎を、恨めしそうに見つめている。

御小人目付は御徒《おかち》目付と共に御目付配下にあって、御徒目付より禄《ろく》の低い一代抱えの下士《かし》である。

しかし九十郎は、さらりとした笑みを仲之助にかえした。

「わたくしの身元がご不審ならば、ご城内御玄関前御門より中之口へ向かいます途中の御小人目付部屋の……」

「よい。御小人目付部屋の場所ぐらいわかっておる。おかしいと思ったのだ。なあ、そうだろう、望月ぃ」

仲之助は青白い顔つきの、中背の痩せた男だった。顎の細い顔に不満の色を隠さなかった。青白い顔に髭《ひげ》の剃《そ》り跡がいっそう青く、そこに小さな切り疵が残っている。

望月ぃ、と呼ばれた用人は、肩をすぼめて唇をへの字に結んでいた。

「御目付さまと御小人目付では比べ物にならん。御目付さまと聞いて、そのときおかしいと思わなかったのか」

「はあ、いやあ、あの風呂屋め、はっきりと元御目付役と申しましたもので、つい」

望月が尖らせた浅黒い顔を、九十郎へ向けた。

「ほお、藤五郎が、御小人目付と申したのを、御目付と聞き違えられたのですな。おこびとめつけ、おめつけ、確かに響きが似ておりますからな」

九十郎は声を上げて笑ったが、三人は白けている。

むろん九十郎は、藤五郎が望月にはったりをきかせたことを承知している。

身分ある者に身分や役目をひけらかすことは、有効な手なのである。

元御目付役が間に入って事を収めてくださるのか。まさか、と訝《いぶか》りつつ、元御目付役さまなら大丈夫だろう、と思う。思おうとする。そんなわけがない。

「風呂屋ごとき、埒《らち》もない。そんな者に頼むからだ。所詮、われらなど、元は元でも御小人目付がせいぜいか」

　仲之助が九十郎より顔をそむけ、聞こえよがしに不満をもらした。

「失礼を申してはなりません、仲之助。相手は下々《しもじも》の町民です。このたびのような場合、下々の事情に通じていらっしゃる下々の方が、いいのです。ねえ、九十九さん、そうでございますわね」

　昌は太っている。ふっくらとした色白だが、顔の中の細い目は笑っていない。倅《せがれ》の失礼をたしなめながら、下々と繰りかえす言葉にたっぷり棘《とげ》を含んでいる。

　母親にたしなめられ、仲之助は童子がすねたみたいに青白い頬をふくらませた。

　この母親と倅の間柄が、なんとなく透けて見えた。

「それで九十九さん、事情はご存じですね」

「承知しております」

「では、どういう算段《こうべ》をおたてなのか、お聞かせ願えますか」

　はい――と、九十郎は昌に頭を垂《た》れた。

「疵を負った杵屋《きねや》の娘のお品《しな》は、実家に戻っておるのですな」

「ええ。本人が泣いて帰りたいと申しますし、医師より静かにならばかまわぬだろうと許しが出ましたので、今朝方《けさがた》早くに駕籠《かご》で本銀町の実家へ……それほどの深手、というわけではないのです。仲之助もかっとなったようですが、本心ではなかったものですから。ねえ、仲之助、そうでしょう」

　仲之助は目を落とし、むむ、とかすかに答えた。

「まず第一にすべきことは、本銀町の杵屋へいき、菓子折りと世間並みの見舞金を添えて、お品に疵を負わせたことを詫《わ》びてください。それもこの談合が終わったらすぐに、一刻でも早くにです」

「詫びる？　こちらが先にですか？　それはわが家の非を認めることになって、のちのちのかけ合いを不利にするのではありませんか。詫びて事がすむなら、あなた方下々の方に頼んだりはいたしませんよ」

「事を収めるために詫びるのではありません。おそらく、杵屋は相当怒っているでしょう。室生家の対応が後手に廻れば、杵屋の方が先に動き出して、町奉行所か次第によっては支配役の新番頭へ直接に訴え出るという事態が考えられます。そうなると事は表沙汰になり、わたしどもの出る幕はありません。わたしどもの仕事は、どちらの言い分が正しいとか間違っているとか、黒白《こくびゃく》をつけることではないのです」

　昌は唇を強く結んで、びくとも動かず九十郎を見つめた。

「とも角、一度詫びて杵屋の怒りを少しでもやわらげ、事を表沙汰にさせず、かけ合いの場に持っていくまでのときを稼ぐのです。この役目は大奥さま……」

と、九十郎は昌のふっくらした顔の中の細い目を押しかえすように言い、昌から望月へ頭を廻《めぐ》らせた。

「用人の望月さんとお二人でいかれるのがよろしいでしょう。話は望月さんがなさってください。ただし、どういう事情があってなどといっさい言ってはなりませんぞ。杵屋が非難すれば、甘んじて受けてください。ひたすら低頭し、怒りたいだけ怒らせ、相手の言うことをよく聞くのです。杵屋の要求がわかればかえって好都合です。よおく覚えておくか、あとで帳面に控えておくのもいい」

「はあ、むろんそれがしが大奥さまと共に杵屋へいくのに異存はござらんが、その場合、なぜ伸之助さまが自ら詫びにこぬ、まず、お品に手をくだした伸之助さまが詫びるのが筋だろう、といっそう杵屋を怒らせることになりはしませんか」

望月が渋面を作った。

「そのときは、こう言ってください。わが主《あるじ》・伸之助さまの怒りは未《いま》だ収まってはおりません。双方、と言うのが肝心ですよ。双方が怒りを鎮めた段階で、改めました正式の場には伸之助さまご本人がまいられます。何とぞそれまで、今少しときをいただきたい、とです。杵屋は、娘を疵つけておきながら怒りが収まっていないとはどういうことか、話が逆だ、と思うでしょうし、問いつめてくるかもしれません」

望月の渋面が伸之助と昌へ向けられた。

「その場合もこちらから黒楽の家宝の皿を、などと言い出してはなりません。当然、杵屋は黒楽の皿の一件は聞いているでしょうから、たとえ家宝の焼き物でも金で購《あがな》える、人の身体《からだ》は金で購える焼き物ではない、とかなんとか言ってくるでしょう。それには武家にはご先祖さまよりの受け継がなければならない仕きたり、体面、面目、魂がござるによって町家のようにはいかないのです、と曖昧《あいまい》にしておくのです」

三人が一様に目を伏せた。

それらを考慮したうえで――と言いつつ、九十郎は三人の様子に不審を覚えた。

「なるべく早く正式の場を設け、双方が顔を合わせ、双方の納得いく形で落着させる意図を伝えるのです。双方とはどういうことだ、とそれ以上に杵屋が問い質《ただ》してきても、自分は主に仕える身、何とぞ正式の場で、とひたすら繰りかえす。大奥さまは女が口を出す立場にはないという様子を守り、話の隙《すき》を見計らって、お品の容体を気づかったり、よくできた娘さんでしたのに、などと空々しくなくほのめかすのです」

昌は膝の上で指を組み合わせ、指先を苛々《いらいら》と廻していた。

「ときを稼いで、次にご当家の打てる手を打たねばなりません。いっさい表沙汰にせず速やかに決着を図るには、金が要るのはご承知ですね。杵屋に世間に知られたくない落ち度や、やましい隠し事でも見つかれば、それをこちらを有利にするきり札に使えなくはありませんが、今ここでそれをあてにはできません」

望月が咳払《せき》いを、ひとつした。

「要するに、かかる金が多いか少ないか、落としどころはそこだけです。ご当家では杵屋に提示できる詫び代の上限を、いかほどにお考えですか」

「あの、それは……」

仲之助の高飛車な様子は影をひそめ、顔を上げなかった。

「十両の詫び代と、薬師代はいっさい当家が負うというのではいかがですか」

昌が代わりに答えた。

主人にもかかわらず、仲之助はそれを把握できていないようだった。

旗本八百石の家計の収支など、用人の望月の報告を普段から受けているのは、母親の昌なのだろう。

「十両？」

望月へ顔を廻すと、望月は九十郎から目をそらした。

九十郎は昌へ目を戻し、言った。

「お品が粗相をして割った黒楽の皿は室生家の家宝で、三百両の値打ちがあるとか、うかがっております」

「五百両です……」

昌が急にか細い声になって、金額を正した。

「ふむ、五百両ですか。十両と薬師代というのは、家宝の黒楽の皿の弁済を杵屋に求めぬうえ、さらにお品を疵つけた詫び代十両を上乗せするという意味ですか」

「そうです。伸之助がかっとなってお品を手打ちにしたのはまぎれもない事実。ですが、さっきも言いましたけれど本心ではないのです。つい、とり乱してしまい」

「大奥さま、はばかりなく申します。詫び代十両は一桁《けた》少ないとお考えください。黒楽の皿の一件を考慮したうえ、なお百両は用意していただかねばなりません」

昌の顔色が途端に青ざめ、伸之助が伏せていた顔を呆然《ぼうぜん》と上げた。

「そこからいかに金額を下げられるか、あるいはそれより増える金額をいかに抑えられるか、そこが落としどころの分かれ目になると、お覚悟を願います」

「百両……」

「しかし、五百両の黒楽の皿の一件は杵屋とのかけ合いの有利な材料に違いありません。話次第では、金額をかなり抑えられると思われます。お品が黒楽の皿を割る粗相を犯し、仲之助さまがお品に手をかけられた経緯《いきさつ》をお聞かせください」

と、それは仲之助に向いて言った。

「それと皿が組になった物なら割れた一枚と残り、一点物であってもそういう焼き物には必ず仕舞っていた筥《はこ》があるはずです。筥自体が名工の手による細工ではありませんか。皿にも筥にも、名工の銘《めい》が入っておるでしょう。それを見たい……」

「あいや、しばらく」

と、望月が九十郎を遮《さえぎ》った。

昌が般若《はんにゃ》のように眉をひそめ、伏せた目に怒りがこもっていた。

「九十九さん、黒楽の皿の件は触れずに、きき、杵屋とのかけ合いを進めていただきたいのです。何とぞ」

望月が不機嫌そうに言った。

九十郎は望月の渋面を見つめた。

しかし、望月は九十郎をまともに見なかった。

なるほど、そうきたか、と思った。

それから仲之助と昌を順に見廻した。

まともに見ないのは、仲之助も昌も同じだった。

昌の伏せた目の怒りが、ようやく察せられた。

五百両もの家宝の黒楽の皿の一件があってさえ百両の金が必要となれば、皿の一件が作り話なら、金額は途方もなくふくれ上がるのは明らかだった。

三人の様子が、話が始まってからどうも不審に見えたわけだ。

「望月さん、藤五郎から聞いたときから、この話は腑《ふ》に落ちなかった」

望月は答えず、への字に結んだ唇を落ちつかぬふうに動かした。

殿さま――と、九十郎は改めて伸之助に言った。

「わたしは元御小人目付です。殿さまよりはるかに身分卑《いや》しき者ですが、役目柄、御目付さまの指図の下《もと》、御旗本御家人は元より、お大名、蔵元、札差《ふださし》、町奉行所、牢屋敷、御用屋敷、御公儀高官にいたるまで身分を問わず、わが監視の目あてでございました。様々な手だてを用いてそれらの方々に近づき、ゆえに多くの敵を作る一方で、それなりにわが身分以上の方々の知己《ちき》を得たのです」

九十郎は伸之助から昌へ眼差しを移した。

「おのれを知る者がいるというのは、ありがたいですな。七年前、役目を退き仕舞屋《しまいや》を始めたとき、そのような知己のお力添えを陰に陽にいただき、それが仕舞屋の仕事に大いに役だちました。仕舞屋と勝手に屋号をつけましたが、あり体《てい》に申せばわたしはもみ消し屋です。人の世のもめ事、争い、ごたごた、粗相《そそう》、縮尻《しくじり》、などの表に知られたくない事柄を、表では使えない手だてを使ってもみ消すのです」

そう言って、また仲之助へ戻した。

「もみ消し屋に真の事情を隠して、もみ消しを頼むのは感心できませんな。もみ消しが上手《うま》くできなくとも、手間賃はいただくのですよ。殿さまのご損になるのでは、ありませんか」

仲之助が伏せた面《おもて》を戸惑《とまど》い気味にふった。どうしたらいい？　という表情を母親にすがる童子のように昌へ投げた。

「望月さん、藤五郎に話を持ってこられたのはあなただ。あなたの存念を聞かせてくれませんか」

「大奥さま……」

と、望月が昌に言った。

「望月、おまえが話しなさい」

昌は怒った目を伏せ、望月へ低い声を投げた。

九十郎は望月へ見かえり、「どうぞ」と微笑《ほほえ》んだ。

まことの事情など、単純で素朴なものである。隠すから妙にこじれて、複雑になってしまう。だが事態は一見、複雑に見えるだけにすぎない。

三

本銀町の老舗の商家の娘・お品が番町の新番衆旗本・室生家のお女中に上がって半年ばかりがたったころ、主人・伸之助の手がついた。

お品は十六歳、伸之助は未だ独り身の二十五歳。なれ初《そ》めについては、若い娘と血気盛んな年ごろの男にありがちな、なりゆき、と言うほかなかった。

伸之助とお品は懇《ねんご》ろになった。互いに夢中になっているときは、それぞれの事情やあと先のことなど考えなかった。

二人は家の者には知られぬよう、密会を続けた。

身分の違いはあったが、二人はひそかに将来を言い交わした。

三月《みつき》がたった去年の冬、伸之助に妻を迎える話がきた。

相手は役方ではあったものの、小普請《こぶしん》支配役という同じ旗本の娘であった。

小普請支配役は御老中支配の高官である。伸之助の将来にとって、大きな後ろ盾となるに違いない家柄であった。

母親の昌は、この願ってもない話に喜んだ。

若いときに夫を亡くし、女手ひとつで倅・伸之助を守り育ててきた甲斐《かい》があった。

長年の苦労が報われたと思った。

むろん、お品と伸之助の仲など知らなかった。

しかし伸之助はその話がきてからも、話に乗り気でいながらお品に別れ話をきり出せず、曖昧《あいまい》なかかわり合いを続けていた。

叱《しか》られるのが恐《こわ》くて母親に隠し続けてだ。

年が明けた正月、いよいよ話が進んでお品にも伸之助の嫁とり話の評判が耳に入った。公儀高官の家柄の娘との話がもう去年の冬からあったと知り、お品はそれを隠していた伸之助の不実をなじった。

将来を固く言い交わしたあの言葉は偽りだったのか、それでも侍かと。

薄笑いを浮かべてお品の非難を聞き流していた伸之助が突如、激昂《げっこう》し、刀を抜いてふり廻した。

「無礼者っ」

と、逃げるお品に袈裟懸《けさがけ》を浴びせた。

一昨日《おととい》の夜のことだった。事が起こって初めて母親の昌と用人の望月は、お品と伸之助の仲を知った。

迂闊《うかつ》だったが、もう遅い。

呼びにやらせた医者がくるまでの間、お品が助からぬと思った昌は、咄嗟《とっさ》に客用に仕舞っていた五枚組の黒皿をとり出して一枚を縁先で割った。

「望月、いいですね。なんとしても室生家は守らなければなりません」

そうしなければ室生家にどんな咎めが下されるか、と望月に言った。

望月も奉公先を失うのを恐れ、昌に同意し手を貸した。

昌と望月は、お品が粗相をして家宝の黒楽の皿を割ったため、伸之助が思わず激昂しお品に手をかけた、と家の者にはとりつくろった。

客用の上等の皿だったが、黒楽でも家宝でもなかった。

三百両も五百両もでたらめである。昌は動転していた。嫁とり話どころではなかった。室生家の存続がかかっている。

だが、お品は一命をとり留めた。浅手ではなかったが、伸之助の袈裟懸の膂力《りょりょく》が今ひとつだったようだ。

お品が一命をとり留めて安堵《あんど》する一方、そうなればなったで、お品の口から真の事情が明らかになり、仲之助と室生家はいっそう拙《まず》い立場におかれる。

困惑しうろたえる昌に、望月が言った。

「神田で仕舞屋なる生業《なりわい》を営んでいる者の評判を聞いたことがあります。その者は元御公儀の役人だそうで、役目を退いたのち、勤めていたころの伝《つて》を生かし、世の表沙汰にはできぬもめ事やごたごたなどのもみ消しを請け負い、裏で仕舞いをつける、なかなか練れた仕事人らしゅうございます。この一件、仕舞屋にもみ消しを任せるのはいかがでございましょうか」

表向きは、お品が家宝の黒楽の皿を割った粗相に激昂した主人に斬られ疵を負ったという体裁を保ちつつ、裏では仕舞屋に杵屋とかけ合わせて何がしかの詫び代で仕舞いをつけさせる。

「仕舞屋には少々かかりますが、家名に疵をつけぬためには出費を惜しんでいるときではありますまい。のみならず、事が表沙汰にならずに仕舞いがつけば、仲之助さまの嫁とり話も進められましょう」

その夜、牛込《うしごめ》御門近くにひっそりと佇む一軒の船宿の二階客座敷に、杵屋の主人夫婦と杵屋に長年仕える老練な番頭、そしてその座敷と廊下を挟《はさ》んで向き合った一室に伸之助と昌、用人の望月がそろった。

この船宿に場を設けたのは、九十郎と平永町の湯屋の藤五郎である。

室生家と杵屋のかけ合いはすでに昼間のうちに進み、この船宿で双方の思わくをぎりぎりにつめて折り合えれば、伸之助と昌も加わって双方が顔をそろえ、盃《さかずき》を酌《く》み交わして手打ち、という運びになる手はずであった。

お上に訴え「お上の裁定を仰ぎます」と言う杵屋を説得するのに、九十郎は夕暮れまでかかった。

疵を負わせた詫び代の額を決めるのにも、難航した。

大怪我《おおけが》を負わされたお品が、のちのち嫁入りする折りの持参金に身体に残る疵を考慮に入れるとか、身体の疵ゆえに嫁入りできなかった場合の暮らしの方便は、などが協議され、詫び代二百両が落としどころとなった。

だが、九十郎は三百両はかかると踏んでいた。

それが二百両で済むのはましな方だった。

何より、伸之助とお品の色恋沙汰のもつれがこのたびの刃傷《にんじょう》になった事情を、双方の思わくがからみ、表沙汰にしない、とほぼ同意をとりつけることができた。

この同意によって室生家はお家へのお咎めの憂《うれ》いがなくなり、上手くゆけば、伸之助の御公儀高官の娘の嫁とり話を滞《とどこお》りなく進められる。

すなわち、二百両の詫び代により、最後の守りたい一線は守れると考えるべきですと、九十郎は想像以上の出費に肩を落とす昌と仲之助を説得した。

九十郎と共にかけ合いに加わった望月も、

「奥さま、仲之助さま、これで決着を図りましょう」

と、九十郎に賛同した。

旗本八百石とは言え、二百両は大金である。

室生家は金を拵《こしら》えるために、大きな借金を抱えなければならなかった。

牛込御門の船宿で、九十郎と藤五郎が双方の部屋をいったりきたりし、かけ合いがいよいよ落着の運びとなった。

ところが、では双方顔を合わせ盃を、という段どりの直前、杵屋夫婦につき添って船宿に現われ、昼間は仕事で遠出をし夕刻戻ってきたという中年の番頭が、

「これで落着というのでは、片落ちなのではありませんか」

と、急に異論を差し挟んだ。

番頭は、九十郎に老練な笑みを向けて言った。

「わたしどものお嬢さまは、室生仲之助さまの非道なふる舞いによって心を深く疵つ

けられ、のみならず、大事なお身体に生涯消えることのない疵を負われました。しかしながら室生さまは、このの ちご大家のお旗本と縁組をなされ、ご出世間違いなし、順風満帆の将来がお約束されていると、うかがっております。それでは世間の道理が通りません。不公平ですし、それではお嬢さまがお可哀想でございます」

番頭が言い始め、杵屋夫婦が、「もっともだ」というふうに頷き合った。

「お嬢さまは、お身体に負われた疵を消えることのない烙印《らくいん》として、この先なんの罪もないのに、一生背負っていかねばなりません。非道なふる舞いをなされたのは室生さまでございます。これでは室生さまの負うべき償《つぐな》いを、お嬢さまが代わりに背負われることになるのではございませんか。しかも、室生さまはお幸せな将来を送っていかれるのに、でございます。そのような不公平が許されるのでございましょうか」

藤五郎は番頭から九十郎へ見かえった。すると九十郎は、なるほどなるほど、とにこやかに頷いている。

おいおい、いいのかよ、と藤五郎は焦りを覚えた。

せっかく折り合いのつくところまでこぎつけたのに、これじゃあ話がまたふり出しに戻りかねない。

藤五郎は苛だって、つい口を出した。

「するってえと、二百両じゃあ足りねえと、仰《おっしゃ》るんで？」

老練な番頭はそういう問いかけを予測していたらしく、商いで積んだ駆け引きの引きの妙を見せるかのような微笑みを浮かべた。

「そうでは、ございません」

番頭は、余裕たっぷりに藤五郎へ言った。

「二百両の詫び代は、旦那さまがお決めになられたのでございます。奉公人のわたしがとやかく申し上げる筋のものではございません。ですが、二百両はあくまで、室生さまの非道を理不尽にも受けられたお嬢さまの身体と心の、痛み、苦しみ、悲しみ、無念、怒り、への詫び代ではございませんか。お可哀想なお嬢さまは今まさに、ご自分で起き上がることすらおできになりません」

「でやすから、疵つけた詫び代に二百両という大金を、決めたんでございやすね」

番頭は藤五郎へ、甘いな、という顔つきを向けている。

「ですからそれは、お嬢さまの今苦しまれている疵に対してであり、室生さまの非道によって損なわれたお嬢さまの将来、一生に対しての詫び代では、ございませんね。お嬢さまの将来、一生への償いはどうお考えでございますか、とわたしは申し上げているのでございます。そうではございませんか、旦那さま」

「ああ、そ、そうだな。お品の一生は、台無しにされたも同然だ」

杵屋の主人が答えた。

藤五郎は言いかえせず、唇を歪めて鼻梁《びりょう》に皺《しわ》を寄せた。

「仕舞屋さん、でございましたね。お噂は聞いたことがございます。なんでも元お役人さまがおられ、その方がお役人のときの伝を頼って様々に画策し、もめ事やごたごたを起こして訴えられたり訴えられそうな方から、お金をとってもめ事やごたごたを公正な仲裁というより、表沙汰にせずもみ消すご商売だとか。よろしゅうございますねえ、いろいろなお役所に伝のある元お役人さまは、お気楽に稼げて……」

番頭は藤五郎から皮肉な目を九十郎へ移すと、杵屋の夫婦が番頭につられて九十郎の様子をうかがった。

「その通り、番頭さん。わたしがその元役人だ。ありがたいことに、昔の伝を頼りにどうにか稼がせてもらっておる。だがな、お気楽ではないぞ。もうとっくに隠居暮らしをしていい歳なのだが、貧乏人はそういうわけにもいかん」

九十郎はのどかな笑い声を上げた。頷きながら、

「それでは杵屋さんも、番頭さんと同じで、二百両の詫び代ではまだ折り合えぬと？」

と、主人の方へ笑顔を向けた。

「折り合えぬ、というわけでは……ただ、娘の将来が」

「旦那さまはお嬢さまの将来をご心配なされ、これでいいのだろうかと、お迷いなのでございます」

番頭が主人の言葉を補って言った。

「ふむ。大事な娘さんの将来だ。ご両親がご心配なさるのは当然です。ならば、どのようにいたせば、折り合っていただけますかな」

「仕舞屋さん、どのように、とお訊ねになるのは順序が逆でございますね。非道なふる舞いをなされたのは室生さまでございます。その結果、お嬢さまは大怪我を負わされました。理不尽にも仕かけた方が仕かけられた相手に、どう詫びてほしいのだ、言わねばわからぬではないか、と仰るようなものでございますね」

「ごもっともです。杵屋さん、わたしは室生家よりこのたびの一件の間に入って、杵屋さんとのかけ合いを頼まれました。わたしごときを相手にできぬと思われるのでしたら、今宵《こよい》のかけ合いはこれまでです。こののちは室生家と直にかけ合われるか、室生家があくまでわたしに名代を頼まれれば、かけ合いはもうできませんから、お上のご裁定を仰がれればよろしいかと」

「おやおや、もみ消し屋さんがお気の弱い。これでもう終わりでございますか」

「はい。昼間からのかけ合いが無駄になってしまいましたが、いたし方ありません。今宵はこれまでにて」

九十郎はのどかに言った。

「ははん、次はもみ消し屋さんの本領発揮、でございますね。依頼人の犯した過《あやま》ちをもみ消すために、昔の伝を頼って裏から様々な方面に働きかけ、脅《おど》したりすかしたりと露骨に汚い手を使われるとか、仕舞屋さんは評判でございますからねえ」

番頭の口ぶりが、一々いや味ったらしい。だが、九十郎のにこやかな様子は変わらなかった。

「杵屋さん、わたしはお客に頼まれてかけ合いを引き受けたのですから、頼んだお客が少しでも有利になるよう、できうる限りの手をつくすのみです。しかしながら、威したりすかしたりはしません。汚い手は使った方も汚れますから、簡単には使えないのです。この一件にお上の裁定を仰ぐことによって、室生家は九割方の咎めを受けるでしょう。九割方、室生家に落ち度があることは誰が見ても明らかですからな」

九十郎は笑いながら白髪交じりの頭を叩いた。

「はは、厄介《やっかい》なかけ合いを引き受けたものです」

「九割方？　ということは、一割方はうちの娘の、お、お品にも落ち度があると、お上の裁定を仰げば、一割の落ち度の咎めを受けると仰りたいのですか」

杵屋の主人が膝を乗り出した。

「あいや、お気に障ったならばお許しください。杵屋さんの娘さんの落ち度を申したいのではなく、大旨、室生家に落ち度があることを言っておるのです」

「大旨？　大旨とは大体という意味でございますね。すべてではないのですか」

「旦那さま、お気遣いにはおよびません。もみ消し屋とかの輩《やから》は、もしかして何か拙《まず》いことがあるのではないかと、思わせぶりな言い方をし、相手を不安にさせるのが狙いなのです。旦那さまはお嬢さまのために堂々とお上に訴え、申されるべきことを申されればよろしいのです。お嬢さまに何もありはしません。相手の弱味につけこもうとする、もみ消し屋のはったりです」

「番頭さん、それは違うぞ。もみ消しにはったりはきかないのだ。都合の悪い過ちをもみ消したとしても、過ち自体が消えてしまうわけではないからな。ただ、本人や当該の者以外にはその過ちを伏せておくように、落としどころを探る。すなわち、過ちは消えないがなかったことにする。それがもみ消しだ。わかるか、番頭さん」

番頭は不敵な目を九十郎へそそいでいる。

「なかったことにするためには、本人と当該の者がそれぞれの言い分と実事《じつじ》、抱える事情を突き合わせて、納得するか、納得できなくとも了承はできる応分に損と得を分け合わねばならん。そうしなければ、もみ消しはできないのだ。そこにはったりなどが通じる余地はない。全部本当のことでなければな」

「意味がよくわかりませんね。だから、なんです？」

「例えば、このたびの一件は、室生伸之助さまとお女中のお品さんの色恋のもつれが元で起こった。二人は言い交わした仲なのに、伸之助さまに嫁とり話が持ち上がって以来の伸之助さまの不実が知れ、お品さんがなじり、なじられてかっとなった伸之助さまが手にかけてしまった。明らかに、伸之助さまの落ち度です」

しかしながら杵屋さん——と、九十郎は番頭から杵屋夫婦へ向いた。

「それは一件の九割方です。先ほど申し上げた一割方の事情がござる。そもそも、伸之助さまとお品さんの馴《な》れ初《そ》めはいかがな経緯で始まったのか、そこの事情はお品さんからお聞きおよびでしょうか。伸之助さまの言い分では、馴れ初めはお品さんの方が相当乗り気だったようですな。八百石旗本の主人とご奉公のお女中という身分差を越えて、杵屋さんの娘さんは相当強引に言い寄られたと」

杵屋夫婦が眉をひそめ、九十郎を見つめている。

「みな、自分の都合のいいように申しますからな。本当かどうか怪しいもんです。仮に、仮にですぞ、それが本当であったとして、一門の当主たるひと角の侍が、若い娘に言い寄られたぐらいで見境なくなびくなど、なんたる不覚、不心得、と申さざるを得ません。さりながら、だとしてもです。若い年ごろの娘の色香に二十五、六の血気盛んな男児がついほだされる、というのは無理からぬ気が、しないでもないのです」

「な、何を申されます。そ、それではお品が室生さまを誘い、誑《たら》しこんだみたいではありませんか。娘のことをご存じでもないくせに、よくそんな無礼が言えますね。お侍さまだとて、許せません」

「ですから、杵屋さん、仮に、と申しております」

と、九十郎は主人から女房、番頭と見廻し、穏やかな口調を続けた。

「先ほど当人が申しておりましたが、この藤五郎は平永町で湯屋を営んでおります」

九十郎は藤五郎へ向いた。

「湯屋には商売柄、様々な噂や評判が聞こえてまいりますし、この者は噂や評判を集めるのを得意技にしております。番頭さんの言われた汚い手を使う仕舞屋、失礼ながら杵屋さんのお店のご近所での噂、評判、を少々調べさせていただいた。そうしたところ、お品さんの以前の品行について、ご町内ではだいぶ噂がたっていたようです」

藤五郎が大きく頷いた。

「お品さんが室生家にお女中奉公に上がられる前の、十四、五のころのことです。そのころからお品さんは、本銀町や周辺の界隈《かいわい》では、相当お盛んなお嬢さまだったそうですな。そうだな、藤五郎」

「へえ。杵屋のお嬢さんのお噂は、ずいぶんと聞けやした。本石町《ほんこくちょう》の若い衆やら、十軒店《じっけんだな》のどこそこの手代やら、とほかにもいろいろ……」

藤五郎が指先で鼻梁に寄せた皺をこすった。

主人と女房が、あっ、という顔つきを見合わせた。番頭は九十郎と藤五郎を交互に睨《にら》んでいた。

「杵屋さんに奉公なさっているどなたかとも、お嬢さんの仲が噂になったことがございやしたね。確か、その噂がたったあと、お嬢さんが室生家のお女中にお上がりになった。それについちゃあ、杵屋さんが室生家の間に入ったお方にずいぶんとお使いになったそうだと、ご近所では評判でやした。番頭さんはご存じじゃありやせんか」

藤五郎が番頭に言った。

「それが、お嬢さまが非道にも大怪我を負わされたことと、なんのかかわりがございますか。好奇心の旺盛な若い年ごろの娘なら、どなたにでも多かれ少なかれあることでございます。仕舞屋さんは別の話を持ち出して、本題をすり替えておられる。まことに汚い手を使われるものでございますね」

九十郎は番頭には言いかえさず、杵屋夫婦から目をそらさなかった。

「杵屋さん、多かれ少なかれあることは、血気盛んな侍とて同じです。それを不実となじられかっとなって手をかける侍は不届き極まりないが、なじる方にも幾ぶんかの無理があったのではありませんか。お品さんのそれまでの品行の評判を知っている者なら、独り身の伸之助さまが鼻の下を長くしてお品さんに誑しこまれたのも無理はない、と思うかもしれませんな」

「ですからそれは、本題とは違う。筋が違っているのでございます」

番頭が割りこんで、語気を強めた。

「番頭さんは物の道理を言っておられる。わたしはこのたびの一件の落としどころを探っておるのだ。道理をつめるのではなく、道理を引っこめてでも折り合えるところをぎりぎりにつめて、このたびの一件がなかったことにできる決着をな。そのためには、道理の通らぬ手段も心苦しいが、使うことになる」

「脅す気で、ございますね」

「わたしは、はったりではなく全部本当のことを提示しておる。それを考慮するかしないか、脅しととるかは杵屋さんの勝手だ」

九十郎は番頭にかえし、杵屋の主人へ微笑んだ。

「お上の裁定を仰ぐときは、室生家はお品さんの以前の噂や評判、室生家での奉公の様子、伸之助さまへのふる舞いなどを細かく陳述し、弁明に相努めますでしょうな。九割方は室生家に落ち度がある。これは明らかだ。しかし、杵屋さん、もみ消しは九割方の室生家の不都合をもみ消しますが、残りの一割方の不都合も共にもみ消すのです。なかったことにするのです」

部屋の行灯《あんどん》が、杵屋の額と鼻先に薄《うっす》らと浮いた汗を光らせていた。

「何とぞそれらの事柄をお考え合わせのうえ、ご返事をいただきたいのです」

九十郎が言うと、番頭はもう何も言わなかった。


しかし、室生家と杵屋とのかけ合いは折り合いがつかなかった。付添いの番頭が強硬な姿勢をくずさなかった。

結局、杵屋の方が改めて返事をするという運びになり、決着は後日に持ち越しとなった。

その夜に決着がつかず、肩を落とし憮然《ぶぜん》と宿を出る伸之助と母親の昌、用人の望月を見送ったとき、望月が九十郎にそっとささやきかけた。

「何とぞ、よろしくお願いいたす」

九十郎は望月にのどかな笑みをかえし、

「杵屋は室生家が嫁とり話を急いでいると見て、焦《じ》らす気でしょう。ここは我慢するしかありません。杵屋の出方を待ち、出方次第で新たに策をたてます。奥さまと伸之助さまはお気を落としでしょうが、今は焦って先に動かない方がいい。これも駆け引きです。ま、かけ合いにこういう駆け引きは、珍しいことではありません」

と言ったが、このかけ合いは長引きそうな雲ゆきだった。

其の二　山同心

一

　九十九九十郎の住まいの店《たな》は、お兼新道《かねしんみち》の路地を小柳町《こやなぎちょう》へ一本入った四つ目垣に囲われた裏店《うらだな》だった。南側の路地に面した四つ目垣の片開き戸の中に、前庭の三個の踏み石と引違いの腰高障子《こしだかしょうじ》が見えている。

　店は、腰高障子の表戸を入った畳一枚ほどの表土間に続いて三畳の寄付《よりつ》き、明障子に仕きられた板敷の台所の間になっていた。

　台所の間に竈《かまど》が二台並んで、笊《ざる》や盆や桶《おけ》の並んだ棚と流し場が台所の間続きの土間に据えられ、井戸のある裏庭へ出る勝手口が作られている。

　寄付きと台所の間に隣り合わせて、南向きになる表側に四畳半、狭い廊下を挟んで北側に三畳の部屋があり、廊下は台所の間から四畳半と三畳の間を通って突きあたり、廊下を北側に折れた奥が雪隠《せっちん》になっている。

その廊下を雪隠の方へ折れる手前の三畳間側に階段が二階へのぼり、二階の四畳半ひと間を、九十郎の寝間と居室に使っていた。

二階四畳半の南向きの窓側が物干し台になっていて、物干し台へ上がれば、瓦《かわら》屋根や板葺《いたぶき》屋根がひしめき合う神田界隈のずっと彼方《かなた》に、お城の杜《もり》が眺められた。

昼間は日あたりのいい南向きの狭い庭には、春がたければ沈丁花《じんちょうげ》の花が咲く。

この店は十数年前、日本橋伊勢町の米問屋の隠居が妻妾《さいしょう》と暮らすために建てたものだった。

隠居が亡くなり空家になっていたのを、九十郎が御小人目付を退き、組屋敷を出て町家に暮らすことが決まってから、藤五郎の勧めで借り受けた。

妻子のないひとり暮らしには広く建物も古いが、住み始めて足かけ七年がたち、この裏店暮らしにも慣れた。

七年前、家の仕事に雇った六十すぎの婆さんが、一階台所の間の隣の三畳間で寝起きしていた。去年の師走《しわす》、その婆さんが
「もう歳で、ございやすのでねえ……」

と、目黒の倅夫婦の厄介《やっかい》になることが決まって暇をとった。

九十郎はこの二十日ばかり、家事仕事を任せられる婆さんを捜していた。前の婆さんが暇をとってから藤五郎に頼むと、

「そんなことなら、任せなせえ」

と、気安く引き受けたが、年の瀬の忙《せわ》しなさやら正月行事の挨拶《あいさつ》廻りやらが続いてのびのびになっているらしく、まだ見つかっていなかった。

「ごめんなさい……」

翌朝、九十郎が朝飯のあと片づけにかかっているところへ、表に澄んだ女の声がした。

表の間へ出ると、路地に差す朝の光が表戸の腰高障子に人影を映していた。影は小柄な子供に見え、「ごめんなさい」と、もう一度澄んだ声が言った。

表戸を開けた前庭の踏み石に、小柄な童女がぽつんと佇《たたず》んでいた。

童女は、はっきりとした大きな目で九十郎を見上げていたが、黒目には不安と心配の色がにじんでいた。

綺麗《きれい》な筋を引いた唇の赤色が、九十郎に話しかけようとしながら声に出せないか、小声で自分に何かを言い聞かせたか、かすかに震えた。

束ね髪に結った前髪が童女の白く広い額にかかって、少しでも大人びて見せようと前髪に手を入れたのが、変な形になっていた。

そのうえ、白足袋の小さな足と寸法の合わない大人用の草履《ぞうり》が目についた。藍地《あいじ》に朱の格子縞の着物と小万結《こまんむす》びにした橙《だいだい》の丸帯を、まだ童女のほっそりとした身体へ堅い鎧《よろい》のようにまとっていた。

胸元に紺の風呂敷包みをしっかりと抱きかかえ、前襟に朱の裏地がこぼれていた。貧しい身なりではなかったが、とにかくまだ子供だった。

青みがかった朝の光が薄い肩に降りかかり、きらきらと戯《たわむ》れていた。

「どうした？　子供」

九十郎は穏やかに言ったつもりだったが、ついぞんざいになった。

「七《しち》と申します。年が明けて十二歳です。でも、もう子供ではありません。ちゃんと働けます。ご飯をちゃんと炊けます。わたし、料理ができます。お父っつあんに仕こまれたんです。掃除も洗濯もできます。仕事があると聞いてきました。旦那さまに雇っていただきたいのです。お願いします」

と、踏み石に佇んだまま、いきなり言った。

お辞儀をするのを忘れるくらい、童女は昂《たか》ぶっている様子だった。

童女は用意していた言葉を思い出す間も、九十郎から目をそらさなかった。まるで九十郎の目に映る童女自身に見惚《みと》れているみたいだった。

一人前の娘になれば美人になりそうだが、と九十郎は思った。

「ふむ。仕事はあるが、子供では困る」

童女は九十郎を大きな目で見上げたまま、ごくり、と唾《つば》を飲みこんだ。

「ですから子供ではありません。あっ、わたし、名前は七です」

もう一度名前を繰りかえしてから、慌ててお辞儀をした。

「でも、十二歳ですから、寝るところがあってご飯さえいただければ、お給金は幾らでもかまいません。だけど、仕事は大人に負けないくらい一所懸命働きます。働くことが好きなんです。どうか、働かせてください。わたしをお雇いいただいて、旦那さまにご損はおかけいたしません」

お七は顔を上げて言った。

「ふむ……お七は、わたしのことを知っているのか」

九十郎は小首をかしげ、努めて穏やかに言った。

「お名前が九十九九十郎さまとうかがいました。元は御公儀のお役人さまで、今はお役を退かれ、小柳町におひとりでお住まいと」

「お兼新道の角にある湯屋のご主人の藤五郎さんです。須田町《すだちょう》の請人宿《うけにん》の椋鳥屋《むくどりや》さんに、湯屋の藤五郎さんが、知り合いのお侍さまの住まいの下女を捜していらっしゃるから訪ねたらいいと言われました」

「誰から聞いた」

「ほお、須田町の椋鳥屋でな。藤五郎にはもう会ったのか」

「はい。藤五郎さんに椋鳥屋さんから紹介されてきました、と伝えましたら、今、お客さんが見えているので、用が済んだら旦那さまに引き合わせる、ちょいと待っているようにと仰《おっしゃ》ったんです。だけどわたし、待っていられなくて、旦那さまに自分でお願いしようと思い、藤五郎さんにこちらのお店をうかがい、ひとりできました」

「藤五郎が、ここを教えてくれたのだな」

「そうです。無礼があってはならないぞ、と強く言われましたけれど」

見た目は童女の幼さを残しているが、十二歳にしては気性がしっかりしている。

「お七は、どこからきた。家は？」

「麹町《こうじまち》です」

「麹町は遠いな。ひとりできたのか」

お七は唇を強く結び、「はい」と頷いた。

「両親が麴町にいるのだな」

「お父っつあんとおっ母さんは、もう亡くなりました。麴町の伯母《おば》さんのお店に妹と二人、厄介になっているんです。伯母さんの家は貧乏で、ほかにも実の子が沢山《たくさん》いて、みんなまだ小さくて、わたしが働かなければならないのです」

少しこみ入った事情を抱えていそうな様子だった。こういう子は困るのだが、と思いつつ、春とは言えまだ寒い朝、わざわざ麴町から訪ねてきたお七を追いかえすのは可哀想でできなかった。

ずっと立ち話をしているのも、気が咎《とが》めた。

九十郎も朝の片づけを済ませて湯屋へ出かける前の、浴衣一枚の格好が肌寒かった。

お七を台所の間へ招き入れた。竈の残り火が台所の間をほのかに暖め、竈にかけた鉄瓶《てつびん》のそそぎ口から、湯気がゆるやかにのぼっていた。

「まあ、入りなさい」

九十郎は茶を淹《い》れた。

お七に茶を飲ませ昂ぶった気を落ちつかせて、饅頭《まんじゅう》でも買って食べるといい、と小銭を渡して帰すつもりだった。

両手の細く綺麗な指で茶碗を持ち上げたお七は、頰がほんのりと赤くなった顔を茶碗で隠すように、少しずつ飲んだ。

お七は寒くて、しかも喉《のど》が渇いていたらしかった。温かな茶にほっと吐息をもらすと、白い小さな歯並みがこぼれた。九十郎はお七の仕種を見守りながら、

「お七は須田町の椋鳥屋で、奉公先を探していたのか」

と、訊いた。

「はい。でも、なかなか見つからなかったんです。ようやく旦那さまのところが見つかりました」

お七は微笑《ほほえ》んで、また茶を飲んだ。

決めてはおらん、と思ったが、九十郎は苦笑した。

「お七はわたしの孫ほどの歳だ。こんなじいさんと一日中顔を突き合わせて働くのはつらいぞ。ここでは話し相手はいないし、仲間もできないし、お七にはあまりいい働き口とは言えん。大きなお店の、同じ年ごろの奉公人が大勢いる働き口が幾らでも見つかるはずだ。お七に相応《ふさわ》しい奉公先を探した方がいい」

「いいえ。わたし、思ったんです。旦那さまのことをおうかがいしたときから、この旦那さまだって。きっと、いい旦那さまに違いないって。わたし、そういう勘がうんと働くんです」

「いい旦那さまとは、何がいいのだ？」

「あの、上手には言えないのですけれど、いい旦那さまは、お侍さまらしくて勇気があって、物知りで、義に厚く、心がお広くて、剣術がおできになって、そんな……」

九十郎は、あは、と破顔した。

「お七は、武家の奉公先を探しているのか」

お七は茶碗を胸の前で止め、考える素ぶりを見せた。

九十郎は真顔に戻り、言った。

「おまえの思うようないい旦那さまが見つかるといいな。だがお七、わたしはいい旦那さまではない。隠居暮らしではないが、ただの気むずかしいじいさんの、しかも武家とはほど遠い貧乏浪人だ。悪いことは言わん。ほかをあたりなさい」

「どうぞ、お願いです。わたしをお雇いください。旦那さまのお役にたてるよう、一所懸命に働きます。裁縫もできます。読み書きもできます。身体は小さいけれど、力もあります。お願いいたします。お願いいたします……」

お七は茶碗をおいて、床に手をつき額をすりつけた。そうして「お願いいたします」と繰りかえした。

九十郎が折れるまで、頑固にそれを続けかねない様子だった。

困ったな。腕組みをして、九十郎はうなった。

「わたしは湯屋の藤五郎に会ってくる。おまえは……」

唐桟《とうざん》の財布から小銭をとり出しかけたとき、俊敏に上体を起こしたお七は、傍らの風呂敷から白い紐《ひも》をとり出し、さっさと襷《たすき》にかけ始めた。

「では、旦那さまが湯屋へいかれている間に、台所のあと片づけとお掃除をしておきます。旦那さま、どうぞごゆっくり」

うん？　と目を上げる前にお七はもう立ち上がって、着物の身頃を細い脚の踝《くるぶし》の上に裾《すそ》がくるまでたくし上げ帯に挟《はさ》んでいた。

「旦那さま、この下駄をお借りしてよろしいですか」

台所の土間には、九十郎の履く草履と前の婆さんが使っていた女物のすりきれた下駄がおいてある。

あ？　ああ――と、九十郎が答える前に、お七は土間に下り下駄を軽やかに鳴らしていた。

婆さんのときの重たげな下駄の音とはだいぶ違う。

お七は思いこみの強いせっかちな気性らしい。

仕方がない。藤五郎から事情を聞いて、帰ってからもう一度話そう。

九十郎は煙草入れと黒鞘の二刀を独鈷《どっこ》の博多帯に挟《はさ》み、布子の半纏《はんてん》を浴衣の上に羽織った。お七に任せて店を出た。

路地から、午前の光が降るお兼新道を南へ折れた。

新道は表通りと違い、表店はみな間口一間《けん》か、せいぜい二間の小店ばかりである。

むろん、仕舞屋《しもたや》は何軒もある。

寛政のご改革で不景気が続いているせいだ、と商人らは不景気な面《つら》である。

蠟燭《ろうそく》問屋の丸屋、求肥《ぎゅうひ》飴《あめ》屋の播磨《はりま》屋、二葉寿しの二葉屋、櫛《くし》簪《かんざし》笄《こうがい》小間物の木田、鼻緒一式草履下駄の錦屋、りん病妙薬五宝丹調合所の嶋屋、伽羅《きゃら》屋《や》の山城、下り傘の和泉《いずみ》屋、江戸前蒲焼《かばやき》の野田屋、などの小店が新道の両側に狭い間口をつらねている。

表店の主やおかみさんと、すれ違いに会釈《えしゃく》を交わしてゆく。

小裂《こぎれ》を吊るした竹馬を担いだ小裂売りが、新道の先で売り声を流していた。

途中、小柳町に人ひとりがくぐれるばかりの朱の鳥居があって、稲荷《いなり》を祭った祠《ほこら》がある。その稲荷を四半町ほどすぎた辻《つじ》の、平永町の南角に湯屋があり、湯屋と向き合った平永町の北角に髪結床の長兵衛《ちょうべえ》がある。

主人の長兵衛が店の中から九十郎を見つけると、必ず声をかけてくる。

「せんせい、景気はいかがで」

と、長兵衛のかけてくる言葉は決まっている。

「ふむ、どうもな」

九十郎がかえす言葉も何が、どうもな、なのかわからないが、いつもだいたい同じである。すると長兵衛が、

「そりゃあ、けっこうで」

と言う。言ったときは、たいてい髪結床の前は通りすぎているのだ。

七年前、お兼新道にこしてからいつ、なぜかは覚えていないが、界隈の顔見知りは九十郎を《せんせい》と呼んだ。年寄りのひとり暮らしだから、みな気づかってくれているのだろう、と九十郎は放っておいた。

その呼び方が、今も変わらず続いている。

二

その朝、湯上りの二階休憩部屋は、九十郎がゆく刻限によく見かける隠居が七、八人で、普段より少し多めだった。

下帯ひとつに浴衣を袖を通さず肩に羽織っただけの者、中には素っ裸で寝そべって

いる隠居もいた。

昨日もいた三人のじいさんが今日は四人に増えて車座になり、饅頭と茶で、倅がどうのこうの、嫁があだこうだ、と賑《にぎ》やかに言い合っていた。一番高齢らしい元は大工だったじいさんは、骨ばかりの干からびた身体に下帯ひとつだった。

「お民《たみ》、おぶう（お茶）のお代わりだ」

その元大工のじいさんが、竈のそばで今日も暇そうに絵草紙をめくっている若い女に声をかけ、お民と呼ばれた茶汲み女が「へえい、ただ今」と絵草紙をおいたとき、よろけ縞の羽織を着けた藤五郎が階段をのぼってきた。

藤五郎は後ろに、草色のよろけ縞の目だたない小袖姿の女を連れていた。

階段をのぼったところで後ろの女に目配せを送ると、女は座敷の隅で寝そべっている九十郎の方へ目を投げ、藤五郎へ頷いた。

女は藤五郎のあとから、半裸や全裸の隠居らの間を縫って近づいてきた。

胸元に、黒無地の風呂敷を大事そうに両手を添えて携えていた。

ただ、歩みには気だるげな色気があり、島田が媚《こび》を売るみたいにゆれていた。

ふと、装いを整えるみたいに、それも地味な紺の丸帯に触れたほっそりとした手の仕種が、九十郎にはえも言わず艶《なま》めいて見えた。

周りの隠居らが藤五郎に従う女を見上げ、ほお、という顔つきを投げた。

色白ではなかった。

だが、目鼻だちが仏像みたいに整って、いい女、と言ってよかった。

目だつ器量ではなかった。くっきりと刷《は》いた唇の紅が、かえって女の器量と不釣合いに感じられ、美人なのに、何かしら目だたない容貌だった。

女は、九十郎のずっと後ろの方を見ているみたいな遠い目を、九十郎から離さなかった。

九十郎は身体をゆっくりと起こし、浴衣と布子の半纏を楽に着た格好のまま、壁にだらしなく寄りかかった。片膝を立て、膝頭へ片手をだらりとのせた。

仕舞屋と称する仕事を藤五郎より最初に持ちかけられたのが、この場所だった。

以来、そうと決めているわけではないが、藤五郎とはいつも朝湯のあとの二階休憩部屋の片隅で、たいていこういうだらしない格好のまま、仕事の相談をひっそりとやる慣わしになった。

「旦那、昨夜《ゆうべ》はどうも……」

藤五郎が先に声をかけた。

ああ——と、頷いた。

藤五郎は後ろの女にふり向いて、坐るように目配せを送った。

九十郎は二人が坐るのを黙って見守った。そのとき女はもう、九十郎からそらした一重《ひとえ》の目を、膝においた風呂敷へ伏せていた。

「お七という娘は、うかがいやしたか」

藤五郎が言った。

「きた。娘というより、まだ十二歳の子供だ。子供は面倒なことが多いので困る」

九十郎は煙管をとり出した。

「そう思いやした。だめだ、帰んな、って言ったんですがね。子供のくせにいやに熱心で、自分で頼むから会わせてほしいなんて、ませた口を利きやがるもんで。まあ、身なりはおかしくねえし、言葉使いもちゃんとしてるから、会うだけならよかろうと思いやしてね。たぶん旦那がだめと言うだろうと。で、もう帰したんでやすか」

「まだいると思う。子供はだめだと、断ったんだがな。子供ではない、あれもできるこれもできる、お願いします、と粘られて困った。無理やり追いかえすのも気が咎めた。帰ってからもう一度話そうと思って、放ってきた」

九十郎は煙草盆の刻みを煙管につめ、火入れの火をつけた。

「ほお、餓鬼のくせに頑固な娘っ子でやすね。椋鳥屋の周次《しゅうじ》に教えられてあっしんとこへきやしたから、妙な餓鬼ではねえと思いやすが。存外、可愛い顔をしておりやしたしね」

ふん、と鼻先で笑い煙管を吹かした。

煙を吐き、藤五郎の肩ごしに女と目を合わせた。女が慣れた様子の薄い笑みを、九十郎へ寄こした。年のころは三十前の、まだ若い年増《としま》に見えた。

「で、そちらは……」

「仕事を頼まれやした。仕舞屋の仕事と筋違いだから、迷ったんです。けど一応、旦那に話の内容だけでもお知らせしておこうと、思いやしてね。三屋《みつや》さん……」

藤五郎が三屋と呼んだ後ろの女へ、隣へくるように手で促した。女が無理やりというのでも、また進んでというのでもなく膝を進めた。

「お照《てる》さんです。こちら、さっきお話しした九十九九十郎の旦那でやす」

九十郎は灰吹きに吸殻を落とした。

「照です。お初に……」

短く言い、島田の頭をわずかにかしげた。

「九十九九十郎です。寛いだ格好で、お許しを願います。若い女の方がこういうところへは、あまり見えませんのでな」

「いいんです。わたしが藤五郎さんに無理をお願いして上がらせてもらったんです。寛いでくださった方がわたしも楽ですし、それと、若い女でもありませんし」

お照はだるそうなしなを作った。

九十郎は続けて刻みを煙管につめた。

「藤五郎からお聞きになられたでしょうが、このような老いぼれです。むつかしい仕事はできません。あらかじめ、申しておきます」

煙管に火をつけ、薄い煙をくゆらせた。

お照の赤い唇の間から白い歯が見えた。しかし、口紅以外は薄化粧だった。

「お照さん、さっきの話を旦那に、もう一度お聞かせ願いやす」

お照はゆっくり頷いた。

「ええ」

やはりだるそうに言い、それから部屋の出格子窓を閉じた明障子へ空《うつ》ろな顔つきを流したのだった。障子に差した午前の白い光が、お照の空虚にも物思わしげにも見える細面《ほそおもて》を、淡々《あわあわ》と照らした。

妙な素ぶりだった。九十郎と藤五郎が顔を見合わせた途端、

「うちの人が、亡くなったんです」

と、お照は唐突な感じで言い始めた。

藤五郎が九十郎に、そうなんで、というふうに目配せをくれた。

「三屋半次郎《はんじろう》と言うんです。御山の、寛永寺さまの同心役に就いていました。山同心って、みんな言っています。とてもいい人でした。夫婦になって三年です。子供ができませんでした。子供をほしがっていたのに」

明障子に向けたお照の横顔が、面のようだった。

整いすぎている。だから目だたないのだな、と九十郎は思った。

灰吹きの縁に煙管の雁首をあて、吸殻を落とした。

「先だっての正月七日の朝、不忍池の池の端通りでうちの人が、見つかったんです。前の夜、谷中の感応寺門前の新茶屋町で呑んだ帰り道だったんです。不忍池の畔《ほとり》で追《お》剝《は》ぎに襲われ、斬られたんです。財布の中に、お金は残っていませんでした。北の御番所のお調べで、間違いなく流しの追剝ぎの仕業だって。お役人さまが仰るんだから、たぶんそうなのでしょう。でも……」

お照は途ぎれ途ぎれに言い、その途ぎれを長くしたみたいに沈黙した。

「半次郎さんは、本当に可哀想な人です」

お照は、半次郎さん、と言って続けた。

「いい人なのに。真面目《まじめ》で、物静かで、子供が好きで、大きな声を出したこともなかったし。ちょっと向きになるところがありましたけど、それが童子みたいでかえってかわいい人でした……あんな目に遭《あ》う罰《ばち》あたりな人じゃ、なかったのに」

と、束の間、声を途ぎらせた。

「寂しい、お葬式でした。両親が早くに亡くなっていましたから、親より子が先に逝《い》く親不孝じゃなかったことだけが、せめてもの救いです。泣いてばかりもいられないんですけれど、胸の中にぽっかり、穴が空いたみたいになりました。なんにもする気がなくなっちゃいましてね。そしたら先日、夢を見たんです。半次郎さんがわたしの夢の中に出てきて、無念だって、泣くんです」

九十郎は煙管を指先で、軽く廻した。

「何が無念なのか、初めはわからなかった。でも、同じ夢を続けて見たんです。半次郎さんがわたしに、無念だって、泣いて訴える同じ夢です」

藤五郎は小太りの肩をすぼめ、所在なさげな顔つきでお照の話を聞いている。

「なんで同じ夢ばっかり見るんだろうって、考えました。そしたら、ふと、気づいたんです。半次郎さんは、追剝ぎに襲われて斬られたんじゃなくて、何かほかにわけがあって、あんな目に遭わされたんじゃないかって、気づいたんです。だから何度もわたしの夢の中に出てきて、繰りかえし訴えているんだって、気がしてきたんです。そういうことって、ありますよね」

お照は明障子へ向いていた顔を、九十郎へ廻した。

それから隣の藤五郎に、「ありますよね」と言った。

藤五郎も九十郎も答えなかった。

全裸で寝そべっていた客がひとり、だらだらと起き上がって脱衣棚の着物を着て、あくびをしながら階段をおりていった。入れ替わって、下帯ひとつに浴衣か帷子《かたびら》を肩に下げた二人連れの客が、階段を上がってきた。

二人連れは茶汲み女のお民に代金を払い、部屋の一角で将棋を始めた。

車座の賑やかな四人の隠居の中から、「お民、おぶうのお代わりを頼む」「おれも……」と声がかかった。

茶汲み女のお民は太っていて、「へえい、ただ今」と動き廻るたびに畳がゆれた。

お照は、膝の風呂敷へ顔を伏せて考える素ぶりを見せた。

「飲みこみの悪い女ですけれど、あんな夢を見たら、どんな馬鹿な女だって、気がつきます。半次郎さんは、わけがあって誰かにあんな目に遭わされ、無念で成仏できないでいるんだなって。無念をはらしてほしいから夢の中に出てくるんだなって。わけを調べ直して、半次郎さんをあんな目に遭わせた誰かに、ちゃんと罰を受けさせてやらないといけないんだなって、気づくに決まっていますよ」

お照は、面のような顔つきを、また明障子の淡い光へ向けた。

「でもね、それに気づいても、わたしみたいな女に一体何ができますか。何もできやしません。そしたら、昔の知り合いから仕舞屋さんの評判を聞いたんです。仕舞屋さんに頼めば、人のできない事の代わりをお金で引き受けてやってくれるよって。お金さえ払えば、頼まれた事はたいてい引き受けてくれるはずだよって」

九十郎は玩《もてあそ》んでいた煙管の吸い口で、白髪まじりの総髪をかいた。

お照の明障子に向いた一重の目が、潤《うる》んでいるのがわかった。

「あの、こう見えてわたし、お金があるんです」

お照がなぜかおかしそうに微笑んで、九十郎へ向きなおった。

「お金を持ってきました。足りなければ、また作ってきます。旦那さん、これで調べをお願いできませんか。誰が半次郎さんをあんな目に遭わせたかを……」

膝の黒無地の風呂敷包みを畳においた。そして九十郎の膝の前へすべらせ、

「どうぞ、改めてください。三十両、入っています」

と、小声で言ったが、九十郎は三十両と聞いて思わず周りを見廻していた。

藤五郎が九十郎の狼狽《ろうばい》を見てとり、小さく噴いた。

九十郎はまた煙管に刻みをつめ、火をつけた。

二度、煙管をゆっくりと吸って煙をくゆらせ、狼狽を隠した。

「どうやら、お照さんのお知り合いは、誤解をしておられる」

と、灰吹きへ吸殻を落とした。

「仕舞屋などといい加減に名乗っておりますが、そういう仕事は受けておりませんのです。それは、御番所に調べ直しを訴えられるのが筋ですな。そういう調べは、町方《まちかた》の仕事です。わたしのような、所詮は一介の浪人がやることではありません。また、わたしみたいな老いぼれがやったところで、どれほどの調べもできません」

お照は九十郎の仕種をじっと見守っていた。

藤五郎が腕組みをし、唇をへの字に曲げて目を伏せた。

三十両に心を動かされたのは、藤五郎らしかった。だからお照を連れてきた。

「お金のほかに半次郎さんがつけていた日記帳を持ってきたんです。一緒に包んでいます。もしかしたら、調べの役にたつのではないかと思うんです。旦那さん、どうかお願いです。引き受けてください」

お照が膝を乗り出した。

「これも知り合いから聞いたんです。旦那さん、元は御小人目付と言う凄腕《すごうで》のお役人さんだったんでしょう。御小人目付は、御目付さまのお指図でお侍さまを調べるお役目で、御小人目付に目をつけられたらお大名でさえ震え上がるって」

「昔の若いころの話です。今は無理だ。わたしの知り合いに、町方与力《よりき》がおります。その者をご紹介します。その者に頼めば、力になってくれます」

「旦那さん、お役人さまには調べ直しをお願いしたんです。でも、わたしみたいな女がひとりで御番所へいったって、まともにとり合ってなんかくれません。調べ直しを訴えるなら、亭主の上役にまず訴え、上役の付添いで正式な訴状を出せと言われたんです。だからわたし、半次郎さんの上役の目代《もくだい》さまに訴えました」

「寛永寺の目代さまは、代々、田村《たむら》という寺侍が役を継いでおりましたな」

お照は頷いた。

「だけど、目代さまはお忙しくて、会っていただけませんでした。代わりの同心頭《がしら》の方が仰ったんです。全部調べた結果なのだ。何か怪しいと疑う明らかな証拠でもあれば調べ直しも考えられるが、ただ怪しいというだけでは、訴状など出せないって……なんですか、正式な訴状って。怪しいと思うだけでは、どうしていけないんですか。明らかな証拠がないから、調べ直してそれを見つけてほしいんです」

「お照さんの気持ちはお察しするが、それでも無理だ。できないことを頼まれても受けるわけにはいかない」

半次郎さんのことを——と言いかけて、お照は口を閉じた。そして、九十郎から目をそむけた。

そのときお照の頬に、ひと筋の涙が伝った。

三

須田町からの帰りのお兼新道へ曲がったとき、本石町の時の鐘が三度の捨て鐘に続いて昼の九ツ（正午）を報《しら》せた。

お兼新道から路地へ入ると、家の二階の物干し台に帷子や肌着の洗濯物が干されているのが見えた。

四つ目垣の片開き戸を開ける前から、いい匂いがした。

まさかお七が昼ご飯の支度を整えているのか。勝手な真似《まね》を、と呟いた一方で、気の廻る小娘だ、と思った。表戸を開けるとつい、

「戻った」

と、九十郎は台所の方へ声をかけていた。お七が台所から表の間へ襷がけのまま小走りに出てきて、畏《かしこ》まって畳に手をついた。

「旦那さま、お戻りなさいまし」

「お七、畏まらずともよい。それよりいい匂いだ。なんの匂いだ」

「はい。お掃除とお洗濯を済ませたあと、ある物だけですけれど、昼ご飯の支度をしました。ご飯になさいますか」

九十郎はいい匂いについ気がゆるんで、小言が言えなかった。

せっかく作ったのなら、食うしかあるまい。

「いただこう。昼が済んだら出かける」

九十郎は表の間に上がりながら言った。

「はい、わかりました。ご飯はどのお部屋で召し上がるのですか」

「いつも台所でいただく。年寄りには冬は暖かいし、夏は板敷が涼しいのでな。お七の分も拵えたのだろう」

「あ、はい……」

「ならば一緒にいただこう」

「いえ。わたしはあとでいただきます」

「そうか。好きにするがいい。昼ご飯をいただきながら話がある」

そう言って台所へ入り、「あっ」と声が出た。

九十郎の膳《ぜん》が用意されていて、膾《なます》の鉢と焼き魚の皿、漬物、汁の椀、飯の碗に箸《はし》が用意されていた。

膳のわきには朝炊いた飯の入った丸い飯櫃《めしびつ》。二つの竈には新しい火がゆれ、ひとつには鉄瓶の湯気がのぼり、もうひとつには味噌汁の鍋が架かっていた。

旨《うま》そうな匂いもそうだが、見た目に引きつけられて声をもらした。

「これを、おまえが拵えたのか」

お七は「はい」と、にこやかな笑みを浮かべ、味噌汁の鍋から椀に汁をそそぎ、茶の用意をし、と機敏に立ち働いた。

九十郎は刀をはずして後ろへおき、さっそく膳についた。

どうぞ——と、お七が盆を差し出した。

ご飯をよそってくれるらしい。まあ、よいか。九十郎はお七に任せた。

最初に箸をつけた膾は、冬瓜《とうがん》となまりぶしを酢醤油《すじょうゆ》で和《あ》えたものだった。

「旨いな。冬瓜か」

九十郎は膾を口に含んで思わず言った。

「はい。なまりぶしがありましたから、ちょうどきた行商の冬瓜を買って酢醤油で膾を拵えました」

「冬瓜の代金はどうした」

「行商のおじさんに、旦那さまがお留守なので代金は次にきたとき一緒にしておくれって言いましたら、いいよって、売ってくれました。焼き魚はすばしりです。これも昼前に売りにきたので、同じように言って求めました。あのう、勝手に買ったりしていけませんでしたか」

「いや、かまわぬ。前の婆さんのときの昼飯は、たいてい漬物と朝の残りの味噌汁だけだった。ちょっと意外に思ったのだ。旨いぞ。このすばしりも焼き具合がとてもいい。本当に料理ができるのだな」

お七は、うふふ……と、嬉しそうに笑った。

焼き魚はほどよい香ばしさで塩がふってあった。

焼き魚の次に汁の椀を持ち上げ、うん？　と思った。

澄ましだが、ほのかに味噌の香りがした。ひときれの蒲鉾《かまぼこ》が沈めてあり、浮かべた青物が澄ましに彩りを添えていた。ひと口含んで、

「これは？」

と、声が出た。

「蒲鉾がありましたので、汁物は蒲鉾が合うお澄ましにしました」

「しかし、これは澄ましに間違いないが、味噌の風味がなんとも言えず口の中に残っているのだが……」

「朝の残りの味噌汁を繰りかえし温めると風味が損なわれます。それで、味噌汁だけを鉢に入れて冷まして、味噌がおどんで澄んだところをお澄ましにしたのです。旦那さま、お味はいかがですか」

「旨い。こんな澄ましは初めてだ」

澄ましに映った自分の顔を見て、九十郎は心から驚いていた。

「料理を父親に仕こまれたと言っていたな。父親は何をしていた」

「料理人です。会津《あいづ》で料理屋を営んでいたんです。七歳のときから、料理はお父っつあんに仕こまれたんです」

「会津の料理人……」

九十郎はあとの言葉を胸の中にしまった。

朝きたとき、お父っつあんもおっ母さんも亡くなったと、お七は言っていた。何があった。訊きたくなった。

だが、今それを自分が訊いても詮方《せんかた》ないことだった。

九十郎は胸の中にしまった。

珍しく、昼ご飯が進んだ。前の婆さんのときにはなかったことだ。

昼ご飯が済んでから、「おまえの分は残っているか」と気づき、飯櫃をのぞきこんだほどだった。

「十分残っています」

お七が明るく答えた。明るい笑顔が安心させた。娘や孫とはこういうものかと、ふと、九十郎は思った。

「お七、そこへ坐りなさい」

九十郎は食後の温かい茶を喫しながら、膳の片づけをするお七を呼んだ。

お七は土間の流し場から、板敷に上がり九十郎に向き合った。

膝に手をそろえ、綺麗な二重の目を伏せた。細い身体にたすき掛けが甲斐甲斐しい。

「お七、昼ご飯を美味《おい》しくいただいた。久方ぶりに満腹した。大したものだ。おまえはまだ十二歳だが、わたしが思っている以上にしっかりしている。もうひとりできちんと生きていける逞《たくま》しさが、感じられる」

お七は動かなかった。

「会津の両親が亡くなってから妹と江戸へ越してきて、麴町の伯母さんの店に世話になっているのだな。お七も妹も、会津生まれか」

黙って頷いた。

「江戸へはいつ越してきた？」

「一年半前です」

「一年半前だとお七が十歳のときだな。そのころ、両親が亡くなったのか」

また頷いた。

「湯屋の帰りに、須田町の椋鳥屋へ寄って、周次に会ってきた。椋鳥屋の周次が言っていた。お七には相応の商家の奉公先を幾つか勧めたが、武家へ奉公が望みのためおまえが断ったそうだな。しかも、大身《たいしん》や由緒あるとかでなくとも、侍らしい侍の家、とかが望みだと。侍らしい侍の家が望みというのは、何か事情があるのか」

お七はそれには答えず、考えていた。

「まあよい。おまえの言う侍らしい侍を詮索はせぬ。だがお七、おまえは賢い子だからわかるだろう。どう考えても、わたしはおまえの望む侍らしい侍ではない。歳を重ねても、利口で寡黙《かもく》な侍らしい侍にはなれぬ」

九十郎は茶を含んだ。

「刀を差した浪人ではあるが、じつはこれは商売上の飾りだ。しかも世間に自慢できる商売ではない。人の表沙汰にしてほしくない失態や粗相《そそう》を、あの手この手を使って世間の目から隠してやり報酬を得る商売だ。仕舞屋、と名乗っておるがな。要するにもみ消し屋だ。もみ消し屋と言っても、おまえにはまだわからぬだろうが、世の中にはそういう生業の者もおる」

言いながら九十郎は、お七に少し心残りを覚えている自分に気づいていた。

「わたしのようなじいさんが隠居をせぬのは、稼がねば暮らしてゆけぬからだ。刀を差しておるのは、藤五郎と相談し、刀を差している方が仕事に何かと見栄《みば》えがいいと判断したためだ。人は見た目と中身が同じだと思うからな。だが、年寄りにはこんな物、重くてかなわん。要するにこの家は、お七のような器量のいい賢い子供の奉公先に相応《ふさわ》しくない」

「いえ、わたしは……」

言いかけたお七を遮った。

「子供ではないと言いたいのは、わかる。わたしもその通りだとわかった。だがな、子供でないならないで、お七ほどの娘をこんな家で働かせるのは心苦しい。昔、勤めていたころに知り合いになった武家がある。侍らしい侍の家だ。そういう武家をあたってみよう。おまえに相応しい奉公先が見つかれば、椋鳥屋に知らせておく」

九十郎は、唐桟《とうざん》の財布を布子の半纏の袖から出した。中の一分《ぶ》銀をお七の膝の前においた。一分銀を見下ろしたお七の眉が、少し怒っているみたいに歪んでいた。

「わたしはこれから、仕事で上野へ出かける。昼ご飯が済んだら、帰りなさい。お七ならいい奉公先がすぐに見つかる。お七はびっくりするくらいに若い。今はまだ、自分のゆく先を大事に考えて生きる歳だ。これは今日の礼だ」

「こんなに、いただけません」

お七が怒ったみたいな顔を上げ、九十郎を睨んだ。一分銀は、年給が三両ほどの下女奉公のひと月分にあたる。

「よいのだ、もっていけ。本当に旨い昼ご飯だった」

九十郎はお七の怒った顔に、後ろ髪を引かれた。

不忍池の池の端通りを歩みながら、惜しいがな、と思う一方、どうせすぐ忘れるくせに、と少し物悲しい気分になった。

不忍池には昼下がりの日が降りそそいでいた。風はなく日差しの中は暖かだが、日差しを遮る木々の陰に入ると、あたりには冬の寒さが残っていた。

正月気分が抜けぬところに日差しに誘われたか、弁天島《べんてんじま》を渡る太鼓橋や堤端の茶屋に女子供の参詣客の姿が多かった。

蓮《はす》が水面《みなも》を覆う季節ではなく、浮かぶ水鳥の姿も寒々として見える。

弁天島の向こう、池の対岸に茅町《かやちょう》から山下あたりを往来する人通りや、白壁と木々に囲まれた大小名の武家屋敷のつらなりが眺められた。その後方には本郷の岡の杜《もり》が鬱蒼《うっそう》と広がっていた。

九十郎が歩む池の端通りは、草木の覆う寛永寺の崖下を谷中の方へなだらかに続いている。

前に不忍池にきたのは、御小人目付役に就いていたころだ。

十年以上がたっていた。御小人目付を辞してさえ七年になる。儚《はかな》いな、と思った。

この仕事は気が進まなかったし、後ろめたかった。無駄だ、と思いつつお照の頼みを引き受けてしまったことがだ。気だるげで、どこかくずれた感じのするお照がこぼした涙に、束の間、気持ちをゆさぶられた。

三十両という法外な金には、かえって尻ごみをさせられる。

だが、お照はどうしてもこれでやってくれ、と譲らなかった。

金に不自由のないふうには、見えなかった。

山同心ごときに、そんなに蓄えがあるとは思えなかった。

もしかしたら、山同心が斬られたこととお照の三十両には、裏に別の事情が隠れているのではないか、と勘繰《かんぐ》れなくはなかった。

「いいんじゃねえんですか。亭主のことが忘れられない後家さんが、気の済むようにしたいんですよ」

十五両ずつ分けながら、藤五郎は言った。

「町方が調べて何もなかったんです。旦那が調べなおしたって、何も出てきやしやせんよ。いい加減なところできり上げりゃあいいんです。これで三十両、十五両ずついただけるんだ。ありがてえ。こういう仕事だってありやす。室生家と杵屋の方はどうなるかわかりやせんしね」

藤五郎は三十両にすっかり目がくらんでいた。

弁天島をすぎると、池の端に沿って茶屋は点在しているものの、堤道は急にひっそりとしてくる。

鐘楼《しょうろう》が北にある女坂をすぎて一町少々いったあたりより、上野山内に沿ったお花畑の往来になる。

池の端通りからお花畑の往来にいたるこのあたりが、山同心・三屋半次郎、すなわちお照の亭主が追剝ぎに襲われた現場になると聞いた。

九十郎は菅笠の縁を持ち上げ、道の前後、そして周囲を見廻した。

だいぶ離れた弁天島や対岸の茅町から山下の往来に人影は賑《にぎ》わっているのに、のどかな午後の刻限にもかかわらず、いき交う通りがかりは殆《ほとん》どなかった。

ここら辺は池側にも木々や藪が続いて、不忍池の景色を遮っている。

確かにこれではな――と、九十郎は呟いた。昼日中《ひるひなか》がこれだから、夜間はもっと寂しいし、物騒《ぶっそう》に違いなかった。

南に池之端の盛り場、池の西方に根津権現《ねづごんげん》の岡場所、北の方に谷中の茶屋町。寛政のご改革が始まって上野山下のけころはいなくなったが、少し足をのばせば遊び場は幾らでもある。

わずかな遊び金ほしさにひと働き、という無頼の輩が出没しそうな場所であった。

九十郎は棒縞の羽織を翻《ひるがえ》し、道を北へとった。

お花畑の樹林と上野山内の崖の間の往来から、御山の土塀に沿って道は続き、右や左へ折れつつ武家屋敷が並ぶ清水坂をのぼり清水門、谷中通りに開いた谷中門とすぎた。通りの先に、感応寺境内《けいだい》の塔が青空を背にくっきりとそびえている。

谷中通りから御山とは反対の、感応寺門前の狭い道の両側に茶屋が軒をつらねている茶屋町へ折れた。

ここは感応寺門前の新茶屋町で、御山を背に西へ小路がのび、小路の先の辻を北へいけば古門前町、まっすぐ先が宗持院門前、南へ折れれば隣のいろは茶屋の小路へつながる道である。

新茶屋町の北通りを表町、宗持院門前やいろは茶屋の小路のある南隣の通りを裏町と町民は呼んでいる。

谷中の色里は、根津ほど遠くないので江戸からの客が多いし、近在の百姓もずいぶんと遊びにくる。二朱ほどがあれば女と遊べる。

昼間からの嫖客《ひょうかく》は多くはなかった。

人通りがまばらで、色茶屋の軒暖簾《のれん》の下に立って呼びこみをする女も、手持ち無沙汰な様子だった。

通りかかる九十郎に「お上がり」とかける声も、あまり熱心ではない。

色茶屋の二階の格子窓から、女郎の白い顔が九十郎を見下ろしていた。

どこかの座敷で鳴らす三味線《しゃみせん》の音《ね》が、かすかに聞こえた。

二階のある一軒の酒亭の半暖簾を払い、引違いの格子戸を開けた。

店は天井が低く、明かりとりの窓もなく薄暗かった。

それでも三和土《たたき》になった小広い前土間と畳敷きの店の間、店の間の片側の通路の壁ぎわに酒樽《さかだる》が積み上げられ、濁酒《にごりざけ》らしき壺《つぼ》の並んでいるのが見えた。店の間の奥に手すりもない急な階段が、通路を跨《また》いで二階へのぼっていた。

前土間の長床几《しょうぎ》の腰掛の席と店の間の衝立《ついたて》に仕きられた席の客が、昼間から酌婦《しゃくふ》の酌を受けていた。

酌婦たちは三人で、赤い前垂れをして化粧が濃く、客と話が合えば二階の部屋に上がる女たちに違いなかった。

客と酌婦が突然あけすけな笑い声を上げ、二階から女の嬌声《きょうせい》が聞こえた。

前土間でひとりの客についていた二人の酌婦の年増の方が、下駄を鳴らして九十郎の側《そば》へきて、菅笠の下から顔をのぞきこんだ。

「お侍さん、おひとり？」

笑った女の歯に口紅がついていた。

「客ではない。ご亭主に訊ねたいことがあってきた。呼んでもらえまいか」

「そう、お客さんじゃないの。がっかりだわ。でも、旦那さんはいないのよ。女将《おかみ》さんを呼びましょうか」

「すまんが、頼む」

年増はまた下駄を鳴らして通路の階段の下へいき、階段の下から二階へだるそうな声をかけた。

「女将さん、女将さん、訊ねたいことがあるって、お侍さんが……」

年増のだるそうな様子に、ふと、今朝のお照の様子が重なった。ああ、お照はもしかしてな、という思いが九十郎の脳裡《のうり》をよぎった。

肉づきのいい大柄な女が、急な階段を軋《きし》らせて下りてきた。

山桃色に小紋模様の小袖の裾から、赤い蹴出《けだ》しと白い素足が見えた。

階段を下りた女将と年増が目配せした。年増が格子戸を入ったところに佇《たたず》んでいる九十郎を指差すと、女将は不審そうな眼差しを寄こした。

九十郎は菅笠をとり、女将に一礼した。

四

九十郎は谷中から池の端通りへ戻っていた。

酒亭の女将から、変わった話が聞けるとは思っていなかった。

三屋半次郎の亡骸が池の端通りで見つけられた前夜、半次郎は酒亭にひとりで現われ、四半刻ほど一階で酒を大人しく呑み、それから二階へ上がった。

酒亭を出た刻限は、五ツ半（午後八時半）をだいぶ廻ったころだった。

初めての客で、女将がずっと相手をした。

「そりゃあ、御山のお役人さんと、すぐにわかりました。機嫌よく遊んでいかれましたよ。お金もちゃんと払って」

女将が鉄漿《かね》を光らせて言った。

女将は九十郎に気を許さず、「あとはお役人さんに訊ねてくださいな。全部、話しましたから」と、素《そ》っ気《け》なかった。

それはそうだ。見知らぬ老侍がいきなり訪ねて、十日ばかり前に斬られた侍の話を根掘り葉掘り聞いても、快く答えてくれるはずがなかった。それに、谷中の酒亭で呑み女と戯《たわむ》れたことが、一件とかかわりがあるとも考えにくい。

「夢に出てきたと、いわれてもなあ……」

池の端通りをいきながら、九十郎は呟いた。

ただ、女将の話は少しだけ気になった。

夫の災難をあれほど悲しみ嘆く若い女房のお照がいながら、亭主の半次郎は新茶屋町に遊びに出かけていたことだ。

昔馴染《なじ》みでもないのに、半次郎は女と戯れている。

真面目で、物静かで、子供が好きで、大きな声を出したこともない、そんな亭主ではなかったのか。亭主は、女房に隠した違う顔を持っていた、ということか。

お照の話とだいぶ違う気がした。

九十郎は池の端通りから寛永寺の大門である黒門へ廻った。

黒門は黒塗りの荘重な、東叡山寛永寺の山門である。

三間一戸、切妻造り本瓦葺潜門《ほんかわらぶきくぐりもん》付の薬医門が南の下谷広小路に開いている。

黒門に並んで御成門がかまえられ、これは将軍が御なりのときだけに開けられる門である。将軍以外はみな、池の端側の黒門を通る。

明け六ツに開き、俗に追い出し鐘と呼ばれる暮れ六ツに閉じられた。

九十郎は黒門を通って、黒門通りのなだらかなのぼりの参道をとった。

広大な境内も初春の日和《ひより》のせいか、参詣の人出が多く賑わっていた。不忍池は高い木々に遮られて徒歩では殆ど望めない。

黒門の内のすぐ東側の岡に、山王社の甍《いらか》が樹林の中に見えた。

やがて西の池側に時の鐘の鐘楼《しょうろう》と大仏堂があり、通りの中央には春秋二回の涅槃《ねはん》会《え》の日にだけ登閣の許される吉祥閣がそびえていた。

次に文殊《もんじゅ》楼手前の西側に、寛永寺にもうひとつある鐘楼堂をすぎた。

九十郎は文殊楼をくぐってその先に根本中堂と勅願門を見ながら、境内左手に建てられた土蔵の前から、中堂左手後方にかまえる寛永寺の政所《まんどころ》へ向かった。

御本坊は中堂のさらに奥、壮麗な表御門をかまえた高い内塀に囲まれていた。

政所にいた寛永寺の執務の僧に、警備の同心の熊代洞山《くましろとうざん》にとり次ぎを頼んだ。

「ああ、同心頭の熊代さんですか。今日は目代さまと寺領の検分に三ノ輪《みのわ》村へお出かけですから、戻りは遅くなります。明日、出直しをお願いいたします。九十九さんですね。ご用件をお伝えしておきます」

応対に出た新発意《しんぼち》ふうの、墨染めの衣の若い僧が言った。

熊代洞山は半次郎の上役の同心頭と、九十郎はお照から聞いた。

お照は山同心支配の目代さまに会えずに、熊代から半次郎の一件の経緯を知らされていたし、再調べの訴えも熊代に頼んだのだった。

大したことが訊けるわけがないとわかっていても、念のため確かめておくつもりだった。慌てたところで何も変わりはしない。明日、出直すしかなかった。

所詮は流しの追剝ぎの仕業に決まっている。

追剝ぎの狙いは誰でもよかった。たまたま半次郎が夜道を通りかかった。だから襲われた。不運だった。それだけだ。

そうとしか思えないのと三十両の金額が、九十郎の気をいっそう重くした。

やはりこの仕事は受けるのではなかった、いい歳をして、と後悔を引きずった。

夕方の七ツ（午後四時）をすぎていた。参詣人の姿はいつの間にかまばらになり、九十郎は肌寒さが身に染みる境内を黒門へ戻った。

神田川に架かる筋違《すじかい》御門の橋を渡って、八辻ヶ原《やつじがはら》から小柳町の店に戻ったのは七ツ半（午後五時）に近かった。

夕暮れの迫ったお兼新道へ入ると、《旭陽軒《きょくようけん》》の看板を掲げるお茶所の表板戸を閉じていた仁助《にすけ》のおかみさんが、九十郎に声をかけた。

「先生、お帰り」

頭《こうべ》を垂れて会釈をかえした九十郎に、おかみさんが続けた。

「先生、いい娘がきてくれたね。気が利いて、なかなか可愛い子だしさ。先生とこのいつものお茶をくださいって、買いにきたよ。つけといたから」

「そりゃあ、どうも」

九十郎はかえしつつ、お七はまだいるのか、どういう了見だ、と訝しんだ。

しかし、お兼新道から路地へ折れた途端、昼間とは違ういい匂いがしてきたため急速に空腹を覚え、同時に、これは困ったぞ、とも思った。

表戸を開けて、いい匂いが強くなった。

九十郎は「戻った」とは言わなかった。

気は進まないが、ここは甘い顔を見せずきっぱりと言うしかない、と考えた。

表土間にお七の大人物の草履と子供の草履が並んでいた。

土間続きの表の間の明障子の奥で、お七と龍之介《りゅうのすけ》の話し声がしていた。

龍之介がきている。

龍之介はこの春八歳になった。

もうお七と親しくなっている。

子供はいい。子供同士、純朴にまっすぐ触れ合おうとする。

明障子に手をかけたとき、お七と龍之介の話し声が聞こえ、つい手を止めた。

「……だからね、そんなふうには見せないけど、九十九先生はすごく強いんだよ。先生ひとりで何十人もの敵を相手に戦って、負けたことがないんだ」

「本当に何十人もの敵と、戦うの」

「戦うよ。先生は戦わねばならなかったんだ」

「敵って、どういう敵？」

「敵は敵さ。世の人々を、悲しませたり困らせたりする悪い者たちがいるだろう」

「うん、いる」

「そういう悪い者たちが、先生の敵なんだ。先生はそういう悪い者たちと戦うとても大事なお役目に就《つ》いていたのさ」

「旦那さまは、どうして悪い者たちと戦うお役目を、辞めたの？」

「ううんとね、それはね、人に言ってはいけないよ。わたしの父上は先生の配下だったんだ。父上が悪い者たちに斬られたとき、先生は父上を助けられなかった。だから先生は残された母上とわたしに申しわけなく思って、お役目を辞めたんだ。先生のせいではないのだけどさ」

「……ぼっちゃんのお父さまは、斬られて亡くなったの」

「そうだよ。わたしは赤ん坊だったから、よく知らないけどね」

「わたしにも、お父っつあんとおっ母さんがいないの」

「斬られたのかい」

「そう。悪い者たちに斬られたの」

うん？　お七は、会津の両親がなくなって麹町の伯母の家に……と言っていたが。

障子の外で九十郎は首をひねった。

「お七は可哀想な娘なんだね。わたしには母上がいるし、次の父上もいるし、ここにきたら九十九先生にも会えるしね。寂しくなんかないんだよ」

「わたしにも妹がいるし、伯母さんや伯父さんがいるし、従兄弟《いとこ》もいるから、寂しくなんかないよ」

「でもお七は、先生の家に奉公しているから、妹や伯母さんたちとは暮らせないんだろう」

「うん、まあね……」

九十郎は表土間の方へ戻り、「今、戻った」と、わざと声を大きくした。

龍之介の足音とお七の下駄の音がして、明障子を龍之介が開けた。

「先生、お帰りなさい」

龍之介は台所の間の板敷に手をついた。

「旦那さま、お帰りなさいませ」

襷がけのお七が土間に立って、膝に手をあて九十郎へお辞儀をした。

甘い顔を見せないはずが、九十郎は顔をゆるませていた。

「龍之介、きていたのか」

「はい。お玉が池の道場帰りに寄ってみましたら、お七が晩ご飯の支度をしておりました。手伝いがてら、つい話しこんでしまいました」

龍之介のませた口調がたどたどしいので、お七が口を押さえてくすりと笑った。

龍之介は紺地に蜻蛉《とんぼ》の小紋に縞袴の拵えで、道場帰りの道具が板敷に見えた。

「お七を手伝っていたのか。それはどうも、礼を言うぞ」

「いいえ。これくらい、なんでもありません。お七の拵える料理はとても美味しそうです。ご飯も炊けたところです。いい匂いがします。きっと、お七は母上より料理が上手ですよ。いいな、先生」

二つの竈のひとつには鍋、ひとつには飯釜が架かっている。

「ならば龍之介、おまえも一緒に食べてゆくか」

「そうしたいところですが、そろそろ帰らないと母上と父上が心配しますから」

「母上と父上は変わりないか」

「はい。母上は、勉強しなさいとばかり、うるさく言います」

「母上の言うことをよく聞いて、勉強をせねばな」

九十郎は土間のお七へ向き平然と、

「いい匂いだ。晩ご飯のおかずはなんだ」

と、訊いた。あとで話そう、という気になっていた。それはそれとして、お七の拵えたおかずにそそられた。

「湯屋のご主人のお使いの方が旦那さまがお出かけのあとに見えて、いただき物のおすそわけですと言われて、鮭《さけ》のきり身を届けてくださったんです。それを仙台煮にしました。それとしめじ茸《たけ》の海苔《のり》酢です」

「仙台煮？　しめじ茸の海苔酢？　ほお……」

「それにお味噌汁とお漬物はなら漬です」

「ほらね、先生。お七の手ぎわは本物の料理人みたいでしょう」

龍之介が誇らしげに言った。

「わたしもそう思う。仙台煮も海苔酢も初めてだが、旨そうだ」

九十郎は龍之介と二人で感心した。

「旦那さま、すぐにご飯になさいますか」

「ふむ。いい匂いに誘われて腹が減った。顔と手を洗ってからいただこう」

「晩酌はどうなさいますか」

「晩酌か。ありがたい。一本つけてもらおう。冷《ひや》でよいぞ」

「では先生、わたしはこれにて失礼します」

龍之介が立ち上がり、剣術道具を小さな身体に担いだ。

「そうか。変わったことはないのだな」

「先生のお顔を拝見すれば、それでいいのです」

表戸までお七と出て、龍之介が薄暗くなってきた路地を、

「お七、またな」

と、小さな白い歯を見せて無邪気に言いお兼新道へ戻っていくのを見送った。

「ぼっちゃん、可愛い」

お七が龍之介の後ろ姿を見送りながら呟いた。

「気の優しい子なのだ。とき折り、用がなくとも遊びにきましたと言って顔を出す。年寄りのひとり暮らしを、気づかってくれているのだ」

「お父さまは、亡くなられたそうですね」

「龍之介の祖父がわたしの頭《かしら》だったのだ。祖父のあとを継いで役目に就いた龍之介の父親が、わたしの配下になった。そのお役目中だった。龍之介は赤ん坊だった。若くていい男だったのに、可哀想なことをした。母親が後添《のちぞ》えに入って、今は新しい父親の下で暮らしている」

お七が九十郎を見上げた。お七の目には、憐《あわ》れみが浮かんでいた。十二歳とは思え

ぬ大人びた顔つきに見えた。

お七はそういう子なのだな、という思いを九十郎は胸に仕まった。

「旨い」

晩ご飯の膳《ぜん》につき、九十郎はまた言ってしまった。

仙台煮は酒の肴《さかな》にもよく合った。冷酒の辛味と煮魚のかすかな甘さと温かみが、心地よく溶け合って、旨いとしか言えぬ味わいだった。

「鮭を薄めのきり身にして、お酒で煮て、軽く火が通ってから砂糖とお醤油で少々味つけしただけです。筋子があるといいんですけど、今日はわさびだけにしました」

お七は膳を隔てて端座して言った。

なんと、煮魚にのせたわさびの緑が彩りを添えていた。

「なるほど。これに料理屋なら筋子をのせるのか。見栄えがうんとよくなりそうだ。煮汁もさっぱりしたいい味だ。このしめじ茸の海苔酢とは……」

これはしめじをさっと湯通しにし、酢と醤油のほかに酒を加え味を調《ととの》えたものに、炭火でむらなくあぶった海苔を細かくもんで酢にひたし、それにも酒と醤油をわずかに差して、猪口《ちょく》に盛ったしめじの上からかけた酢の物だった。

「驚いた。お七に料理を仕こんだ父親はなかなかの料理人だったのだな」

「お父っつあんは会津一の料理人だって、おっ母さんが言っていました。わたしもそう思います」

むろん九十郎は、お七のその両親に何があったのかを訊ねる気はない。

酒がすすみ腹が落ちついたところで、穏やかにきり出した。

「それで、お七、どういう了見か、聞かせてくれ」

お七は肩をすぼめ、目を伏せた。

台所の間は行灯が灯《とも》り、竈の火がやわらかく温かい。

外はすっかり暮れて、行灯の周りを宵闇がとり巻いていた。

お七は、少し不安そうに顔を上げた。

「旦那さまは、わたしがまだいるので、怒っていらっしゃるのですか」

「怒るわけがない。正直に言うと、戻ってきたときお七がいたのでほっとした。なぜかな。いないものと思っていたのにな。ほかを探せと言ったのにな」

九十郎は口元へ上げた盃を止めて笑った。

「旦那さまがお出かけになってから考えたんです。言われた通りほかを探さないといけないのかな、どうしようかなって。でも、お父っつあんがよく言っていました。ものは試しって。頭で知っているのと実際にやってみるのとでは、違っていることが沢山あるって。旦那さま、ものは試しに、わたしをひと月か、せめて半月、雇ってくれませんか。それでだめだと思ったら、そのときお払い箱にしてくだされば……」

九十郎は盃を心地よさげにあおった。そして、

「美味しい物をいただくと、人はちょっと幸せな気分になるものだな。お七の料理で幸せな気分になれた」

と、真剣な顔つきのお七に言った。

「やさしい言葉や、気遣いや、笑顔や、ささやかなふる舞いが、人をちょっと幸せな気分にさせる。お七の料理と同じだ。それが人と人とが触れ合う縁なのかもな。ものは試しだ。お七を雇おう。お七も、ものは試しに、わたしに雇われてみるといい。これも何かの縁だ」

お七は童女の面影を留めた笑顔を見せ、「旦那さま、よろしくお願いいたします」と板敷に手をついた。

「お七、酒はもういい。この仙台煮としめじ茸の海苔酢で温かいご飯が食べたい。ご飯を頼む」

「はい。お味噌汁の具は牛蒡《ごぼう》と蒟蒻《こんにゃく》です」

味噌汁の鍋の蓋《ふた》をとったお七の顔を、湯気がふわりと包んだ。

五

お七は台所の間の隣の三畳間で寝起きする。

前に雇っていた婆さんの使っていた布団があり、お七は昼間、それをすでに干していた。

九十郎は布子の半纏を羽織り、二階へ上がった。

四畳半には、小簞笥《こだんす》のわきに九十郎の洗濯物が畳んで重ねてあった。

お七は気遣って、小簞笥を開けなかったのだろう。これも気が利いている。

物干し台に上がる窓わきへ据えた文机《ふづくえ》に向かい、行灯の薄い明かりが照らしている耳を糸で綴《と》じただけの分厚い帳面を手にとった。

お照が「お役にたてば……」と、三十両もの大金と一緒に風呂敷にくるんで持ってきた、亡くなった亭主・半次郎の日記帳だった。

厚紙の表に《寛政三年》と、題が記されている。今年が明けたから、寛政三年はもう一昨年である。

九十郎は、書物を読むときの老視の眼鏡《めがね》をかけた。

五十をすぎてから、目が霞《かす》むようになった。

「いい眼鏡を売ってやすぜ」

と、藤五郎に教えられ、室町《むろまち》の、唐物小物、硝子《ガラス》、ぎやまんの、《御眼鏡処・高尾屋吉兵衛《たかおやきちべえ》》で購った眼鏡だった。

若いころのようにはいかないが、本が読めるので、ないよりはましだった。

半次郎の日記帳を開くと、寛政三年の正月一日から始まっていた。

《照と迎える初めての正月にて候　雑煮《ぞうに》と屠蘇《とそ》をいただく　清々《すがすが》し》

一日の日記はそれだけだった。

寛政三年の正月がお照と迎えた初めての正月なら、半次郎がお照を女房に迎えたのは寛政二年になる。

しかし、日記は毎日書かれていなかった。

数日おきに、ときには十日ほどもあけて、たいていはほんの二、三行、今日は何々があった、何を食った、山内の見廻りでかくかく、朋輩の誰それと、上役に命ぜられ……と、山同心の職場や家の日常が、あたり障りなく書き連ねてあった。

不審な内容は見あたらなかった。単調な記述ばかりで、九十郎は読み始めてすぐに退屈を覚えた。思いたって日記を書き始めたものの、代わり映えのしない御山の警備

役の仕事によほど書くことがなかったらしく、

《本日終日雨　さしたることもなし》

と、半次郎自身の倦怠《けんたい》が伝わるように、それだけで終わっている日もあった。

それが寛政三年の正月から、だらだらと続いていた。

九十郎は紙面を繰りながら、同じくらいあくびを繰りかえした。

途中より殆ど読み飛ばし、あまりの退屈さに翌年の秋、すなわち数ヵ月前ぐらいまで目を通し、ふと、小さな疑念さえ生じた。

日記があまりに退屈なために、かえって覚えた疑念だった。

お照はこの日記帳に目を通しているはずである。

お照が夫の気だてを、真面目で、物静かで、子供が好きで、大きな声を出したこともなかった、と言ったことと日記帳が異なる中身でないのは推量できた。

谷中の新茶屋町へひとりで遊びにいき女と戯れる亭主の一面を知っていて、そういう亭主を許していたなら、お照はほかに違う言い方をしただろう。

つまりお照は、新茶屋町で酒を呑み女と遊び戯れる亭主の一面を知らなかった。

覚えた疑念は、お照が「これがお役にたてば」と、半次郎の退屈極まりない日記をわざわざ持ってきたことだった。

お照が、亭主の遺品だからと、読みもせず持ってきたとは思えない。

九十郎が仕事を断ったとき、お照は気だるげな表情にひと筋の涙を伝わらせた。

少なくとも九十郎は、お照の涙に心を動かされた。お照のひと筋の涙が、女房の胸の内にたぎる何かを感じさせた。

だから仕方なく引き受け、引き受けたことを今は後悔している。

しかしこの日記の中身に、不審な記述はなかった。それがかえって疑念を覚えさせた。隠れている手がかりを読みとれ、と謎かけをしかけられたかのような。

馬鹿ばかしい、と九十郎は疑念を頭から打ち消した。

「だいたい、夢に見た、などと埒《らち》もない……」

と呟き、日記帳の紙面をだいぶ残して最後の日まで繰ったとき、うん？　と初めて気になる記述が読めた。日記はこの正月一日で終わっていた。

《四年目になる正月にて候　雑煮と屠蘇をいただく　俊慧《しゅんけい》の一件、不審にて候　調べ進まず》

とあった。

四年目になる正月とは、お照と夫婦になってこの春に三回目の正月を迎えた、という意味に違いない。

だが、俊慧の一件、不審にて候、調べ進まず、とはなんのことだ。俊慧は初めて出てきた名だった。読み飛ばして、俊慧の一件についての記述を見落としたのかもしれない。

だとしても、九十郎は日記をもう一度読み直す気になれなかった。半次郎が上役に何かの調べを命じられたのだろう。上役から調べ物を命じられることは、役人ならあたり前にある。

大した意味があるとは思えぬ――今度は、自分に言い聞かせるように呟いた。

だいぶ夜が更けていた。遠くで、風鈴蕎麦《そば》の風鈴の音が聞こえる。台所でお七が働いている物音がまだしていた。

階下へ下り、台所の間をのぞいた。

お七が土間の流し場で首筋をぬぐっていた。

可哀想に今日一日、気が張りつめて湯屋へいくゆとりもなかったのだろう。竈の火が消えて、部屋は冷えていた。

「遅くまで、働くのだな」

「あ、旦那さま……」

お七は流し場の前から九十郎へ、膝に両手をそろえお辞儀をした。

少し寛げた前襟の間から、白い首筋や痩せた肩がはだけているのを隠そうともしないところが、十二歳の童女だった。

「お休みのお邪魔に、なりましたか」

「いや。調べ物をして起きていた。これから休むところだ。お七もくたびれたろう。早く休みなさい。明日は朝から出かける。たぶん戻りは夕刻になると思う。昼の支度はお七ひとり分でいい。それからここに財布が入っている。ご用聞きがきて掛かりがあれば、財布の中の金を使いなさい」

台所の間の茶簞笥に入れていた財布を見せた。お七はひとつひとつに「はい、旦那さま」と答えた。ふむ、と頷き戻りかけてすぐにふりかえり、

「まだ一日目だ。気を楽にしてな」

と、言ったときだった。

「あ……」

九十郎は台所の薄暗い天井へ目を泳がせた。

「はい、何か」

お七が訊きかえした。

「なんでもない」

廊下を戻った九十郎の背中に、お七が「お休みなさいませ」と声をかけた。

九十郎は四畳半の文机につき、再び半次郎の日記帳を開いた。もうひとつのさざ波がたっていた。お照のことが書かれていない。

《照と迎える初めての正月にて候……》

お照の名は、寛政三年の正月一日の第一日目に出てきただけである。

自分の日常を記した日記ゆえ女房の様子が記されていないのは当然だが、第一日目以外、まったく出てこないのは、少々妙である。

まだ三回目の正月を迎えたばかりの若い夫婦が、亭主の暮らしに共に暮らす女房とのかかわりがないとは思われない。

睦《むつ》まじい夫婦のやりとりもあれば、喧嘩《けんか》だってあるだろうに、少しは女房の様子が触れられているのが、あたり前ではないか。もしかして半次郎は、しいてお照のことを触れないようにしていたのでは、という気がした。

なぜかな？　と、さざ波が脳裡に寄せてくる。

お照の、どこか気だるげな様子が思い出された。

この亭主のためにお照の流した涙や用意した三十両という高額が、解《げ》せなかった。

それほどの金が、山同心の家に蓄えられていたのだろうか。

お照はなぜ三十両もの大金を、こちらが求めていないのに差し出したのだ?

六

翌日の朝五ツ(午前八時)前、九十郎は呉服橋《ごふくばし》の町奉行所大門わきで北町奉行所年番方与力の橘左近《たちばなさこん》を待っていた。

清々しい朝の日差しが降っているものの、その刻限はまだ肌寒い。

奉行所は海鼠塀《なまこべい》に囲われ、塀の周りに廻らした小堀には板橋が渡してある。

九十郎は板橋を渡った表門わきの通用の小門の前に、菅笠を脱いで佇《たたず》んでいた。

その一月、月番の北町奉行所の表門は開かれており、公事人《くじにん》と付添いが続々と門内へ入っていく。

公事の始まりは朝四ツだが、遅れることは厳しく咎められ、公事人は呼び出し刻限の一刻以上前から公事溜《だまり》で順番を待つのが普通だった。

吟味物の囚人は、牢屋敷から数珠《じゅず》つなぎに連行され、表門わきの通用の小門とは反対側にある不浄門から入り、奉行所の仮牢に収監され、これも詮議所《せんぎしょ》の吟味が始まるのを待つのである。

表門外の通りを隔《へだ》てて掛茶屋がお休み処の幟《のぼり》を垂らしており、この掛茶屋は奉行所の公事溜に入りきれない公事人が順番待ちをするところである。

ほどなく、破風《はふ》造りの表玄関正面の敷石に継裃《つぎかみしも》の橘左近が現われた。

敷石には塵《ちり》ひとつ落ちておらず、敷石の左右に那智黒《なちぐろ》の小石がびしりと敷きつめられている。

「九十郎、待たせた」

橘が敷石を鳴らしながら、九十郎へ張りのある声をかけた。

「仕事始めの朝の忙しいときにいきなり訪ねて、すまんな」

「いいさ。仕事始めは例年のことだ。気にすることはない」

橘は表門を出てきて、笑みを投げた。

この橘左近は、九十郎が御小人目付役に就いて御目付支配の下、隠密《おんみつ》に様々な探索を行っていたころに知り合いになった。

御目付は町奉行所も監視する役割があり、主に配下の御徒目付が監視の任にあたるが、同じく御目付配下の御小人目付がその任を命ぜられることもある。

知り合ったころの橘左近は若い詮議役の与力だった。九十郎より二つ年下ながら、どういうわけか気が合った。

五十を二つ、三つとすぎた今は最古参の年番方を務め、奉行所内では御奉行に次ぐ立場にある。

「用はなんだ。何が訊きたい」

橘は中背の、幾ぶん腹の出てきた上体を反《そ》らせて言った。

「十日ほど前の七日、上野山内の山同心の斬殺体《ざんさつたい》が池の端通りで発見された。三屋半次郎という三十すぎの男だ。その一件の調べがどうなっているか、知りたいのだ」

「先だって、山同心が斬られた一件だな。聞いている。よかろう。ならば入れ」

「いいのか」

「かまわぬ。掛《かかり》の同心を呼ぶ。そういう話は外より中の方がいい」

橘は事もなげに言って九十郎を促した。

橘は同心詰所隣の勝手で、山同心・三屋半次郎殺しの掛の、長田兼松《ながたかねまつ》という若い平同心を九十郎に引き合わせた。

「おそらく、流しの追剝ぎ強盗です。三屋半次郎はたまたま通りかかって襲われたと思われます」

と、長田は探索の見たてを語った。

正月六日夜、谷中の新茶屋町で遊んだ三屋半次郎が戻りのお花畑の往来から池の端通りへ差しかかったところ、あたりで通りがかりを待ち伏せていた追剝ぎ強盗の類に襲われ、斬られて財布の金と金目の物を奪われた。

長田は、三屋半次郎の朋輩や上役、御山の三屋を知る政所の僧侶や寺男ら、それから山下の組屋敷のご近所でも、三屋の日ごろの暮らしぶりや素行、評判について訊きこみをした。

だが、三屋は他人の恨みを買うような男ではなく、また懐を狙われるほど豊かな暮らしぶりだったわけでもなかった。

女房と二人、つましい暮らしの、真面目な、これと言って変わったところのない、ごくごく平凡な男だった。

「朋輩らは、三屋ほどの堅物《かたぶつ》が谷中の新茶屋町でこっそり遊んでいたのが意外だと、言っていたぐらいです。三屋に命を狙われる事情など、見あたらないのです。むろん、女房のお照にも亭主の話は訊いております。そのときは三屋が斬られた直後でしたから、よくわからないと泣くばかりで、変わった話は聞けませんでしたが」

と、長田は続けた。

「あとになって、お照が再調べを訴えてきたのは知っています。ただ、一件はまだ手を下した者が捕まってもおりません。女房にすれば、流しの仕業という見たてが解《げ》せぬのはわかりますが、お照自身、解せぬ、納得がいかぬ、というだけで確かな証拠があって再調べを訴えているわけではないのですから、われらとしても調べようがありません」

三屋半次郎を襲った者の目あてについては、賊はひとりかせいぜい二人。残された疵の具合から見て相当の腕利きと思われた。

それと、上野近在をよく知っている者でなければ、ああいう場所はわからないに違いなく、池之端、下谷広小路、谷中、根津、湯島あたりの盛り場を中心に、やくざ、地廻り、破落戸《ごろつき》、無頼漢などに目あてをつけている。

「目あてをつけている者の名は、探索中ですのでお許しを願います」

長田はそうつけ足した。

大筋はお照の話をより詳しくしただけの、九十郎がだいたい推量していた通りの内容だった。

しかし九十郎は、「それでは」と立ちかけた長田に「俊慧の一件については、かかわりがあるとは思われませんが」と、昨夜、半次郎の日記を読んで気になったことを最後にきり出した。

「三屋は俊慧の一件を調べておったようです。それはどのように……」

すると長田は坐り直し、さらりと答えた。

「三屋がつけていた日記帳の件ですね。それもお照にわけを話しております。寺社奉行さまのご支配の一件で、むろん、念のため問い合わせました。寛永寺の俊慧という若い僧が以前より密通を犯しておりました。二月ほど前の去年の冬、俊慧と密通の相手の痴話喧嘩が昂《こう》じて諍《いさか》いになったらしく、激昂した俊慧が女を殺《あや》めたのです。俊慧は今、牢屋敷に収監されてお裁きを待つ身です」

「ああ、俊慧という僧は牢屋敷に収監されておるのですか」

「そうです。俊慧自身がかくかく云々《しかじか》と白状し、すでに観念しておるのです。調べるも調べないも事は明らかなのです。三屋が何を調べておったのか当人がいない今はわかりませんが、若い僧と女の密通に関心をそそられ私情で調べていただけでしょう」

「殺されたのは、どういう女なのですか」

「山下の車坂町に住む萩野忠五郎《はぎのちゅうごろう》とかいう浪人の娘、確か三重《みえ》と申す女です。仰ったように、それとこのたびの一件にかかわりがあるとは思えません。お照が再調べを訴えて奉行所にきた折り日記を戻して、こんこんと言い聞かせたのですがね」

「なるほど、そうでしたか」

そこまで経緯がわかれば十分である。

九十郎はまた、昨日のお照の涙を思い出した。

亭主を失ったお照の心の乱れが感じられた。

気の済むようにしたい、ということか。そう思わざるを得なかった。

橘左近が表門まで九十郎を見送った。

「変わった仕事も、受けておるのだな」

門前の別れぎわに橘が言った。

「気は進まないのだ。だがどうしてもと頼まれ、断れなかった。女房は死んだ亭主に強い未練を残している。亭主のために気の済むようにしたいのだろう。泣かれた。それが不憫《ふびん》だった」

お照が差し出した三十両の謝礼は、口に出せなかった。

橘が高らかに笑った。

「あの大名すら恐れさせた情け無用の隠密目付・九十九九十郎が、女の涙に憐れみを覚えたか。変わるものだ」

「もう歳だ。若いときとは心持ちが違ってきたかもしれん。わかりきったことを確かめていくだけだ。町方の探索の邪魔にならんように気をつける」

「ふむ。訊きたいことがあればいつでもきてくれ。遠慮はいらん」

「済まぬ。そのときは頼む」

九十郎は踵《きびす》をかえし、呉服橋御門へもどった。

呉服橋を渡り、いき交う人通りや荷車、行商の往来する日本橋南の大通りへ出て、日本橋を北の室町へ渡った。

室町の大通りを北へゆきながら、いくらなんでもこれで三十両は考えものだ、とまた気が重くなった。この仕事で三十両はなかろう。今夜、藤五郎に話してかえすべきだ。藤五郎は貧乏性を笑うだろうがな。

今日一日の訊きこみでこの仕事はきり上げよう、と決めた。


山下と呼ばれる下谷広小路は、其処《そこ》ここの一画に曲馬や軽業《かるわざ》小屋の高い櫓《やぐら》が青空にのび、見世物、浄瑠璃《じょうるり》、講釈、物まね、土弓の屋根もない小屋が乱立し、茶屋や飯屋が軒をつらね、人だかりの喚声と往来する人々の賑わいに包まれていた。

九十郎は忍川に架かる三橋を渡って、寛永寺の黒門をすぎた。

山同心の頭である熊代洞山は五尺五寸ほどの背丈だった。

黒羽織を羽織った広い肩幅の肉が盛り上がり、力の漲《みなぎ》った厚い胸をそらせ、根本中堂前の六角堂の傍らで待っていた九十郎の方へ、千筋の縞袴を力強く歩ませてきた。

顎の張った大顔は浅黒く、九十郎を睨みつけてそらさない尖《とが》った目と上を向いた低い団子鼻、突き出して結んだ唇が、獣じみた容貌を作っていた。

老けては見えるものの、まだ四十に達していない年ごろに思われた。

腰に帯びたごつい両刀が無雑作にゆれ、いかにも不機嫌な様子が見えた。

春先にしては寒さがやわらぎ、九十郎は棒縞の羽織は着けておらず、菅笠をとり、黒紬《くろつむぎ》の袷《あわせ》に紺袴の痩軀を熊代へ折った。

「九十九さんか」

熊代は立ち止まる前に、張りのある太い声をかけてきた。

「三屋の女房に頼まれたのですな、調べてくれと」

九十郎から一間半ほど開けて立ち止まり、反《そ》った身体を斜めにかまえた。羽織の袖からだらりと垂らした手は肉づきがよく、指にも毛が生えていた。

「はい。女の身ではむずかしいゆえと頼まれ、聞けば亭主を亡くし気の毒な身の上。歳をとりますとどうも気が弱くなりましてな。断るのも可哀想で、大した調べはできぬぞ、と念を押したうえで引き受けた次第です」

亡くなられた三屋さんは熊代さんの配下だったとうかがい——と言うと、熊代は、ふん、と上を向いた鼻先で笑った。

降りそそぐ日差しに、熊代の額が光っていた。

「すでに何度も話され、飽き飽きしておられるのは承知しております。ただ、配下の者だった女房の儚い願いを憐れんで、今一度、三屋さんの仕事ぶり、人柄、一件の経緯などをお聞かせいただきたいのです。今さら、女房の知らない事情など見つかるはずがないと思っておりますが、可哀想な女房の気の済むようにしてやるのも仏への供養と思い、失礼をも顧《かえり》みずうかがいました。お察し願います」

「わが配下の災難だ。別にかまわんですがな。あの女房、器量はいいのに、どうも気だてが陰気で辛気臭《しんきくさ》い。再調べを町奉行所に訴えてほしいとしつこい。町方がすでに調べをつくしておるのに、新たな証拠でも見つかったのなら訴えもできるが、何もないのに再調べを訴えてもとり上げてはくれぬ、無理だ、とたしなめたのだが、愚鈍ゆえか、言うことを聞かぬ」

「それゆえ、わたしが頼まれました」

「なんでうちの亭主が、と思う女房の気持ちはわかりますがな。誰もが災難に遭うまで、自分だけは災難に遭うと思っていない。三屋はたまたま災難に遭った。それ以外のことなど、あるはずがない」

「まことに……」

熊代は九十郎の周りをゆっくり廻るように動き、顔は笑っていても不機嫌そうな目を根本中堂へ遊ばせた。

「ところで九十九さんは、どういう仕事をなさっておられる？　そのお歳で」

「恥ずかしながらこの歳になって、隠居もままならぬ貧乏暮らしです。今は昔就いておりました役目の伝《つて》などを頼りに、世間によくあるもめ事などのよろず相談をお受けいたし口を糊《のり》しております」

「もめ事のよろず相談？　もめ事の当事者の間をとり持って仲裁するのか」

「ま、そのようなものです」

「そんなことで稼げるのか」

「どうにかこうにか、という程度ですがな」

「昔はどんな役目に就いておられた」

「はい。御小人目付役でござる」

熊代は動きを止め、横目を九十郎へ流した。

「隠密目付か」

「御目付さま配下の、身分低き役目です」

「九十九さん、腕がたちそうですな」

「この老いぼれにもう刀はいりません。ただの飾りです」

熊代は横目を根本中堂へ戻した。片腕を刀の柄《つか》にだらりとのせ、片方の掌《てのひら》で太い顎を撫《な》でた。

「三屋は真面目で、他人の恨みを買うような男ではなかった。もめ事やごたごたを抱えている噂を聞いたこともない。大人しく、仕事に粗相《そそう》もない。目だたぬ、普通の男だった。ただ、堅物《かたぶつ》で、つき合いのいい男ではなかった、少し向きになるところがあった。しかし配下にいながら、三屋の人となりはよく知らんのです」

熊代は鼻をならした。そしてまた、ゆっくり動いた。

一件が起こるまで、三屋のふる舞いや言動に気になることや、覚えていることは何もなかったし、職場にいてもいなくても気にならなかった。

三屋はそういう男でしたな——と、熊代は景色を語るように続けた。

「だから、三屋がひとりで新茶屋町で遊んでいたと知って驚いている。あの堅物が、朋輩にも知られずこっそりそんなことをする男だったのかと、一件があってから職場でもしばしば話題にのぼります」

「あの夜、三屋さんは谷中の酒亭で呑み、そのあと女と酒亭の二階で遊んでいます。池の端通りで襲われたのは酒亭からの戻りです」

熊代が「ふむ」と頷いた。

「その酒亭はご存じですか」

「新茶屋町で稀《まれ》に呑むので、あの女将の店か、という程度ならわかりますが」

「三屋さんは、堅物に見えて案外、女好きだったのですかな」

「三屋は女房ひと筋と思っていた。器量よしの女房は陰気だが、あれで床に入ると相当激しそうで……」

熊代は唇を歪め、淫靡《いんび》に笑った。

「そんなところだ。もうよろしいか」

「俊慧の一件の調べは、熊代さんのお指図なので?」

九十郎は熊代にも念のため訊ねた。

九十郎を横目で睨んだ不機嫌そうな目つきが、束の間、いっそう険しくなった。しかしすぐに目つきをゆるめ、

「指図、とは?」

と、訊きかえした。

「三屋さんは俊慧の一件を調べていたようです。俊慧の一件は、当然、ご存じですな」

「御山では、みな知っておりますよ」

「熊代さんのお指図で、調べていたのではないのですか」

「知らん。俊慧の一件はわれらとはかかわりが、そもそもない」

「では、目代さまのお指図なのですかな。三屋さんの日記帳に、俊慧の一件、不審にて候、調べ進まず、と書かれてあったのです」

「馬鹿ばかしい。三屋の日記に書かれていたことか。そう言えば町方に訊かれたのを思い出した。しかしあれは去年、終わっている。俊慧がすべてを白状し、小伝馬町《こでんまちょう》の牢屋敷でお裁きを待っているのに、今さら調べようがない。目代さまがそんな指図をする意味がない。しかもわたしに言うならまだしも、三屋になど……」

「そりゃあ、妙です」

熊代のそむけた横顔に嘲笑《ちょうしょう》が浮かんでいた。

となると、不審にて候、は三屋ひとりが覚えた不審ということだ。調べ進まず、とはすでに調べていた、ということだ。

何が不審で、調べていたのだ？　と昨夜の疑念が急に頭をもたげた。

「俊慧は車坂町の浪人・萩野忠五郎の娘の三重と密会を続けていたのですな。何があって、俊慧は三重に手をかけたのですか」

「坊主と言ったところで、所詮、男だ。女犯《にょぼん》くらいある。惚《ほ》れた女のつれない素ぶりにかっとなって、つい手をかけた。そんなところだ。前に聞いたが、もう忘れた」

「三重とは、どこでどのように知り合い、懇《ねんご》ろになったのですか」

「だから忘れた。参詣にきた女と俊慧の目が合った。それで男と女が懇ろになることもある。俊慧本人に訊くんですな」

「二人は、どこで密会を重ねておったのですか。それもお忘れですか」

熊代の横目が、九十郎をまたひと睨みした。

「根岸の石神井《しゃくじい》用水《ようすい》に水鶏橋《くいなばし》が架かっている。御隠殿《ごいんでん》の近くだ。水鶏橋の北詰に忠《ちゅう》一《いち》という料理茶屋がある。出合茶屋も兼ねておる。そこだと聞きましたな」

「根岸の忠一ですか。根岸は金杉村《かなすぎむら》の田舎ですが、景色はよろしいですな。近ごろはお金持ちが寮などを建てていると聞きます。根岸あたりに寮を建てる、そんな暮らしがしてみたいものです」

「忠一へ、いかれるのか」

「確かめるだけです。確かめるだけ確かめてやれば、お照も気が済むでしょう。どうもお邪魔いたしました」

九十郎が頭を垂れて顔を上げたとき、熊代はごつい背中をゆらしながら、もう政所の方へ戻っていた。

七

九十郎は要伝寺《ようでんじ》、円光寺《えんこうじ》、三島大明神《みしまだいみょうじん》をすぎて根岸へ坂をくだった。

御隠殿《ごいんでん》のわき道をゆくと、はるばる王子村より分流する石神井用水が上野の御山の北に沿って廻っている。

この流れが東へ流れて三ノ輪を抜け、山谷堀《さんやぼり》に合流し隅田川へ落ちる。

御隠殿の土塀と畑地や樹林の先に水鶏橋が見えた。

昼の日差しが木々の間からこぼれ、のどかな鳥の声が響き渡っていた。

石神井用水は一間少々の狭い水路である。橋の向こうに百姓家風の民戸が固まり、鄙《ひな》びた集落を作っていた。

前に根岸へきたのは、役目でこの先のさる大名の下屋敷を探るためだった。もう十年前になる。あのころより少し様子が変わったように思えた。

料理茶屋は水鶏橋を渡ってすぐの用水端に、山茶花《さざんか》の垣根に囲われた瀟洒《しょうしゃ》な二階家をかまえていた。

周辺の民戸はみな茅葺《かやぶき》屋根だが、《忠一》だけが瓦葺だった。

桐《きり》の格子の引違い戸が用水に面していて、格子戸をくぐると庭に梅が咲いていた。

二階の大きな出格子窓の障子戸が、開け放たれている。

踏み石があって、店の軒先に《お料理》の字を橙《だいだい》に白く抜いた旗が下がっていた。

三和土の表土間に入り、上《あ》がり框《がまち》に手をついた案内の女に言った。

「ひとりだが、よいか。昼を頼みたい」

「どうぞ、お上がりください」

格子窓ごしに金杉村の眺めのよい景色が見渡せる、二階の四畳半に通された。田野に明るい日差しが降っていた。昼の膳を頼むと、

「お酒はいかがいたしますか」

と、案内の女が訊いた。

「まだ仕事がある。酒はよい」

開け放たれた格子窓から、清々しい初春の息吹《いぶ》きが流れてきた。

この店で二ヵ月ほど前、三重という女が俊慧に命を絶たれた。そのような修羅場を微塵《みじん》も感じさせぬ、のどかな昼日中だった。

ほどなく運ばれてきた昼の膳は、大根、人参、ごまめの膾の鉢に、干し大根に鰹《かつお》

節(ぶし)入りの汁椀、長いもの青味噌田楽(でんがく)、湯葉巻きけんちん、角形蒲鉾のさかなの皿、香の物にご飯だった。

　朝早くから長く歩いて、空腹だった。

　空腹は満たされたが、お七ならこれぐらいの料理を拵えるのではないか、と早や身びいきに思った。

　茶を替え、膳の片づけにきた女に代金を払った。

　三百文だった。相当高い。庶民にはなかなか食べられない鰻《うなぎ》の蒲焼が二百文ほどである。寛永寺の僧ともなればこういうところで密会ができるのか、と九十郎はうなった。三百文を盆におき、

「済まぬがご主人を呼んでいただけぬか。少々訊ねたいことがあるのだ」

　と、頼んだ。

「あの、お客さまはお役目の方でいらっしゃいますか」

「そうではないが、決して怪しい者ではない。ほんの二、三、お訊ねするだけだ。ご迷惑はかけぬ。何とぞ」

　と、さらに白紙に包んだ祝儀《しゅうぎ》を三百文をおいた盆の傍らへおき、戸惑いを見せる女に微笑《ほほえ》んだ。

部屋に現われた主人の忠一は、四十すぎと思われる恰幅《かっぷく》のいい男で、面長な白い顔に小紋模様の橙色の羽織の派手さが、数寄者《すきしゃ》の風流人を思わせた。

「てまえ、主の忠一でございます。本日はわざわざのお越し、ありがとうございます」

と、慣れた丁寧な口調で言った。

九十郎は忠一に名乗ってから呼びたてた非礼を詫び、「じつは、こちらへうかがったのは……」と用件を手短に、しかしあり体《てい》にきり出した。

「……というわけです。三屋半次郎という同心が俊慧の一件でこちらにも調べにきていたのではと思うのです。三屋さんは俊慧の一件について、どのような事を調べていたのか、お教えいただけませんか」

九十郎が言うと、忠一は、ふむふむ、と面長を頷かせた。

「さようでございましたか。三屋さまと仰いますお役人さまも、お気の毒でございますねえ。残されたおかみさんも、さぞお悲しみでございましょう。本当に人の命というものは、儚《はかの》うございます。胸が痛みます、はい。ではございますが……」

忠一は困惑の体で言った。

「俊慧さんの一件は、わたしどももどうしていいのやらと、気の動転する一大事でございました。なんととんでもない罰あたりなことをしてくれたものだと、わが店も多大な迷惑をこうむりはいたしましたが、われをとり戻されました俊慧さんは心から悔い、誤って殺めた相手の方へも涙を流し詫《わ》びておられました」

「ふむ、ご主人の前で？」

九十郎は茶を喫した。

しかし忠一はそれには答えず、続けた。

「お客さまもご存じでございましょう。店の前を流れます川向こうの崖上に上野の宮さまの御隠殿が造営されてございます。ありがたくも御隠殿に見守られ、と申しますか壮大なる上野の御山のご威徳の庇護《ひご》により、わたしどもは御山の北、この根岸の地につつがなく暮らしておるのでございます。罪を犯されたとは言え、俊慧さんはそのありがたき御山のお坊さまでございます」

そう言って、身を慎《つつし》んで目を閉じ頭を垂れた。

「寺社の御奉行さまのお調べが入り一件がほぼ落着いたしましたのち、わたくしどもは日々ご恩を受けておりまする御山にこれ以上はご負担をおかけしてはならない、と自ら戒め、家の者にも奉公人にもそのように命じておるのでございます」

忠一は頭を上げ、穏やかに目を見開いた。

「すなわち、お気の毒な三屋さまが調べにこられたかどうか、今は定かに覚えてはおりませんが、たとえこられていたといたしましても、俊慧さんの一件につきましては、わたしどもはいっさい話すこともお答えも、していないはずでございます」

「なるほど。それでは三屋さんがどのような事を調べにこられたのか、ご存じではないわけですな」

「そうなのです。何とぞ、わたしどもの意向をお汲みとり願います」

早い話が、店の評判を落とす話はしない、ということだ。

俊慧とお三重の密会の場になったのも、御山のご威徳の下というわけだ。

「よくわかりました。仕方がありません。あの、ご主人、ひとつだけお訊ねしたい。俊慧さんは、どのようなお坊さんだったのですか。若いお坊さんとうかがっております。見た目、人柄など気づかれたことだけでも……」

「ふうむ、困りましたな。さようですね。痩身で背がお高く、色白の、匂いたつほど綺麗なお坊さまでございます。女子《おなご》が胸をときめかしますのが、男のわたしでさえわかります。口数の少ないまことに物静かな、天台の教えをひと筋に学んでおられた修行僧でいらっしゃいましたが」

「こちらの値《あたい》は、俊慧さんがお支払いになっておられたのですか」

「申しわけございません。それまでにお願いいたします」

九十郎は水鶏橋を渡らず、用水に沿って民戸が並ぶ堤道を北東の御行《おぎょう》の松《まつ》へ向かった。川向こうの崖の木々の間に、梅が花を咲かせている。

近ごろ建ち始めたお金持ちの寮らしき茅葺屋根が、崖の其処ここに数えられた。

上野の山の九ツの鐘を聞いてから、一刻近くがたっていた。

あたりに人影は少なかった。村の子供らが、道の遠くで遊んでいる。

途中の一戸の民戸が、道端の鶯《うぐいす》垣《がき》に囲われた前庭の廂《ひさし》下に台を出して鶯笛を並べ、近在の子供や遊山《ゆさん》の客の土産《みやげ》目あてに売っていた。

九十郎は台へ寄り、一本の笛を手にとった。

表戸が開いたままの薄暗い奥から、手拭《てぬぐい》を姉さんかぶりにした腰の曲がった婆さんが、ゆっくりとした足どりで出てきた。

「幾らだ」

九十郎は鶯笛の一本をかざして訊いた。

「へえ。四文いただきやす」

婆さんが九十郎を見上げて笑いかけた。

「ここら辺の鶯は上方《かみがた》の卵だで、関東の訛《なまり》がございやせん。鶯笛も京の音色でやす」

婆さんは財布から金をとり出している九十郎へ、「あは……」と、まばらになった歯を見せた。

「それは雅《みやび》だな。ところで婆さん、この先の忠一で、二ヵ月ほど前、寛永寺の坊さんが若い女子を殺める出来事があったのだが、覚えているかね」

九十郎は四文銭を、婆さんの皺《しわ》だらけの掌《てのひら》へおいた。

「へえ、覚えておりやす。罰あたりなお坊さんがとんでもねえことをしたもんだと、ここら辺の者はみな知っておりやす」

「坊さんは殺めた女子と忠一で密会を重ねていたのだ。それも知っているか」

「大きな声で言えねえが、だいぶ前からとき折り、たいていは夕暮れごろ、網代《あじろ》の引戸の立派なお駕籠《かご》が忠一に入っていくのが評判になっておりやした。御山のお坊さんのお駕籠だと、噂に聞いておりやしたし、おれも見かけたことがごぜいやす。陸尺《ろくしゃく》がお駕籠を担いで、提灯《ちょうちん》を下げたお供の坊さんがひとりついておりやした。お侍さん、御山の面目にかかわることだで、ほかでは言わねえでくだせえよ」

「ああ、言わぬ。しかし、それほど立派なお駕籠だったのかね」

「お大名や身分の高い御山のお坊さんぐれえしか乗らねえ、ここら辺には珍しい立派なお駕籠でやした」

珍しいか、と九十郎は考えこんだ。そして、

「では、婆さん、またな」

と、堤道へ戻った。

九十郎は堤道をゆきながら、用水の澄んだ流れに目をやり、そこから樹木に覆われた崖の上へ眼差しを移した。

修行僧が網代のお駕籠に乗って出合茶屋で密会か——と、九十郎は呟いた。

八

上野山内、新黒門から下寺を北へ、車坂の車坂門、屏風《びょうぶ》坂の屏風坂門があり、さらに北の信濃《しなの》坂の細路をくだったところに、下谷坂本《したやさかもと》に出る坂下門がある。

これらの門は、普段は大門を閉め小門だけが開いている。

その小門の出入りには笠や頭巾《ずきん》をかぶっていても差しつかえなかった。

九十郎は御行の松から坂本町へ出た。

坂下門の前をすぎ、坂下通りを横ぎって、車坂町の小路をとった。

萩野忠五郎の裏店は、高い黒板塀に囲われ、瓦葺屋根の小門の上に見こしの松が気どった枝ぶりをのばしていた。

小門をくぐると、前庭の先に表玄関の式台こそないものの、両開きの立派な表戸があった。

表戸を入ると三和土の土間があり、屏風を立てた表の間の上がり框には、一段下に落ち縁が設《しつら》えてあった。

萩野は浪人の身にしては相当豊かな暮らしぶりに思われ、何を生業にしておるのだろうと、気をそそられた。

表の間に現われた下女らしき女にとり次ぎを乞うた。

しかし、柿渋色に渦巻き小紋を抜いた着流しで現われた萩野は、歳のころは五十前後と思われ、小柄で痩《や》せた体軀《たいく》に帯びた脇差《わきざし》一本の身体がひどくひ弱に見えた。

月代が薄くのび、無精髭も生やし、住まいの豊かな様子には似合わぬうらぶれた風貌に見えた。

萩野は一重の細い目に不審の色をうかべ、九十郎を座敷にさえ上げなかった。

表の間の上《あ》がり端《はな》に、でれ、とした立ち姿をとり、独鈷の帯に両の手先を差し入れて、土間の九十郎を横柄に見下ろした。

九十郎は腰を折り、突然の訪問を詫びた。そして用件を述べると、萩野は、九十郎が述べ終わらぬうちに顔を赤らめ、

「おぬし、どこの誰だ。なんの謂《いわ》れがあって、赤の他人のおぬしにわが娘の災難を話さねばならん。なんと無礼千万な。出ていってくれ。話すことなど何もないわ」

と、声を荒らげた。

九十郎は、亭主の死を受け入れられぬ女房の頼みにより、亭主が生前かかわりのあった事柄を調べている次第を、あり体に、重ねて述べ、

「お照という女房は頼りとしておりました亭主を失い、萩野さんは大事な娘さんを亡くされました。つらき身は相身互い。何とぞ気の毒な女房を憐れと思われ……」

と、腰を低くして頼んだが、萩野の応対はとりつく島がなかった。

「ならば本人が、手土産のひとつでも持ってくればよいではないか。本人次第では話してやらぬではない。どこの馬の骨かもわからぬじじいをいきなり寄こしおって、死んだ娘の話を聞かせろだと。馬鹿か。俊慧などという生臭坊主のことなど、わが家になんのかかわりもない。名前を口にするのも不愉快だ」

さらに萩野は、怒りに任せて口から泡を飛ばした。

「三屋半次郎やら女房のお照やらと、なんでこっちが憐れんでやらねばならん。だい

たいわが娘が遭った災難など、三屋もお照も知らなかったのだろう。知らぬのが当然だ。赤の他人だからな」

「いえ。三屋半次郎はお三重さんの災難を存じておりました。ゆえに、俊慧の一件を書き残していたのです」

「黙れっ、粗忽者《そこつもの》。三屋半次郎なる山同心が、俊慧とわが娘の事情を聞きにきたことなどない。それだけだ。わかったか。とっとと出ていけ」

萩野は罵声《ばせい》を吐き、表の間の両開きの舞良戸《まいらど》を音高く閉じた。

だいぶ怒らせた。

お上の威光を後ろ盾にした御小人目付役に就いていたころの探索とは、勝手が違う。だが、もみ消し屋の仕事に罵声を浴びることは幾らでもある。こういうときは一旦、引き上げるしかなかった。

ただ、半次郎が俊慧の一件の何を不審に思い、何を調べていたのかがわからなければ、お照に「調べを終えました」とは言いづらい。

九十郎は坂下通りに戻った。

この道は奥州道の裏道にあたる。西側は小堀を隔《へだ》てて下寺の土塀がつらなり、東側は車坂町の表店の並びが途ぎれ、組屋敷がつらなっていた。

坂下通りを南の広小路へとった。土器《かわらけ》を積んだ荷車を牛に牽《ひ》かせた人足が、轍《わだち》を鳴らして追いこしていった。

おや？――と、声が出た。

三屋の組屋敷は正宝寺門前の隣、寺の裏手の坂下通りに面した一画と聞いた。萩野忠五郎の住まいと、意外なほど近い。もしかしたら、半次郎は車坂町に住む萩野の娘・三重を知っていたのかもしれぬ、と九十郎は思ったのだ。

昨日今日の調べの報告がてら、お照にお三重のことを訊いてみることにした。

九十郎は坂下通りから正宝寺裏手の組屋敷の木戸をくぐった。

組屋敷とは言っても、貧しい裏店《うらだな》のように数棟の割長屋が路地を隔てて建ち並んでいた。入り組んだ路地は狭く、どぶ板が通っている。

山同心は寺侍・田村某が代々継ぐ寛永寺目代職の配下にある。人員四十名が、山内の警備に昼夜を分かたずあたっている。

御目付配下の御小人目付であった九十郎の職禄でさえ、十五俵だった。

菅笠の下から、路地をそれとなく見廻した。ここは、御小人目付のそれより貧しい暮らしに思われた。

路地へ入ってすぐ、桶《おけ》を担いで井戸端の方より戻ってくる女房に三屋半次郎の住まいを訊ねた。

「路地の突きあたりを左に折れた、奥です……」

女房は、路地の先へ水仕事で赤らんだ手をかざした。

「あの、でも、三屋半次郎さんは先だって、お亡くなりになりました」

「存じております。お内儀がおられますな。お内儀をお訪ねするのです」

九十郎は菅笠を軽く上げ、会釈をした。

「お照さんも、昨日、越されていかれました」

と言われ、女房へふりかえった。

「昨日、越された？　お内儀がこちらの住まいを、昨日、出られたのですか」

女房は桶を担いだまま、「はい」と九十郎に頷いた。

「どちらへ、ですか」

九十郎は小さな動揺を覚えた。

「さあ、わたしは存じません。お隣でお訊ねになれば……」

路地の奥に、子供らが遊んでいるのが見える。

意外な事態である。九十郎は女房に礼を言い、どぶ板を鳴らした。遊んでいた子供らが、見慣れぬ九十郎を見上げ、道をよけた。

路地を左へ折れた奥の一戸が、板戸に閉じられていた。

隣家の表戸のところで年増の女房が二人、歓談していた。

「失礼、少々お訊ねいたす」

九十郎は二人へ声をかけた。

はい？　と二人は訝しげに見かえした。

「お隣の三屋半次郎さんのお内儀の、お照さんが昨日越されたとうかがいました。その事で……」

女房二人は目つきを深刻にし、「そうなんですよ」とそろって頷いた。

亭主の半次郎が亡くなって十日ばかりがすぎた昨日の昼すぎ、お照の住まいから小《こ》簞笥《だんす》や鍋釜などのわずかな荷物が、荷車を牽《ひ》いてきた人足に運び出された。

住まいがすっかり片づいたあと、お照が身の回りの物だけを仕まったと思われる籐の行李《こうり》を背に担いで、「お世話になりました」と隣近所に挨拶をして廻った。

お照は、品川に縁者がおり、そちらにしばらく厄介になり、落ちつき先がきまったら改めて、などと言い残し、いき先も告げず出ていったのだった。

御山で働いていた亭主が亡くなったため、組屋敷はいずれは出ていかなければならなかった。だが、ずいぶんと慌ただしい引っ越しである。

「仲睦《なかむつ》まじいご夫婦でね。ご主人があんな災難に遭われて。お気の毒だよ」

「お照さんは、お侍の家柄とうかがいましたけど、ご実家がどちらかはうかがっていませんね。それにご両親はもうお亡くなりだそうですし、それにお照さんは……」

と言いかけた女房を、片方が「およしよ」と止めた。

「ご主人の半次郎さんも、早くにご両親を亡くし、独りでしたから。二人でいたわり合い、一所懸命暮らしている様子が、けな気だったのにさ」

片方の女房は言った。

品川の縁者の厄介になるとは、昨日の午前、湯屋の二階休憩部屋でお照の話を聞いたとき、組屋敷を出ることはすでに決まっていたということだ。

決まっていたのなら、いき先を言い残していかない了見がわからない。

半次郎の一件を調べた報告は、どうする。

お照がどこかから現われ、「あれはどうなりましたか」と確かめにくるまで、放っておくのか。すなわち、頼んだ仕事の謝礼の三十両を九十郎と藤五郎に渡し、お照は行方も告げず消えたことになる。

まるで、三十両もの大金を惜しげもなく捨てたかのようにだ。

それと、あの女房はお照の何を言おうとしたのだろう。

湯屋は、朝は女湯が暇で、午後は男湯が暇になる。

午後の女や子供の客が少なくなった夕刻、九十郎は湯屋へ寄った。

二階座敷の休憩部屋に客の姿は、もうなかった。

日暮れになると、湯屋は終業である。

茶汲み女のお民が、太った身体をゆらして休憩部屋の片づけにかかっていた。

「まったく、どういうつもりなんでしょうね」

藤五郎が、腕組みをして首をひねった。

九十郎は藤五郎と向き合って端座し、煙管を吹かしていた。

「それじゃあ、なんのためにお照は亭主の一件を調べてくれ、なんぞと頼みにきたんでやすか。気の済むまで、調べたかったんじゃあ、ねえんでやすか」

「わからん。訊きたいのはわたしの方だ。あんたにも合点《がてん》がいかぬのか」

「わかりやせんよ。姿を消しちまうなら、頼んだ意味がねえ。筋が通りやせん」

「ふうむ。考えがわからん」

「お照が現われるのを、待つしかねえんでやすかね」

九十郎は黙って二吹かしした煙管を、灰吹きに軽く打ちあて吸殻《すいがら》を落とした。

「調べの方は、片がつきやしたか」

「今までのところ、三屋が追剝《おいは》ぎに襲われ不慮《ふりょ》の死をとげた見たてに、間違いなさそうだ。少しばかり気がかりな事情はあったが、それは山同心の仕事とはかかわりがないことだ」

「気がかりって?」

半次郎が日記帳に記していた俊慧の一件を話した。

「ほお、俊慧の一件、不審にて候、調べ進まず、ね。気にはなりやすね」

「明日、牢屋敷にいってみる。知り合いがいる。俊慧に面談ができるかもしれぬ。俊慧本人が話してくれれば、明らかになる。三屋とかかわりがあるとは、思えぬがな」

「へえ、旦那、牢屋敷にも伝《つて》があるんでやすか。さすがだね」

藤五郎が頰をゆるめた。

九十郎は、お民が出してくれた茶を含んだ。

「この仕事で三十両は、ぼりすぎる。三両でさえ多いくらいだ。半次郎とお照はさぞかしつましい暮らしだったろう。二人の住まいを見てそう思った。昨日は三十両にそそられてついこの仕事を引き受けたが、引き受けるのなら、お照からもう少し詳しく聞いておくべきだった。事情は明らかなのに、お照は何を探ってほしかったのか」

太ったお民が、どすどす、と畳をゆらしているのを九十郎は見やった。そして、

「この仕事は、ほかに探りようがない。終わりだ」

と、藤五郎へ向きなおった。そそられたのはお照の流したひと筋の涙にもだが、それは言わなかった。

「でな、藤五郎。お照の行方を捜してくれぬか。お照が現われる気がしないのだ。昨日ここで話をしたとき、お照は住まいを出ることを決めていた。なのに、わたしらにどこへ越すとも言わなかった。あの女、何を考えているのだ。お照を捜し出し、金をかえそうと思うのだ。お照はどうやって三十両もの金を用意できた。どんな金だ。わたしは気が重くてならん」

「冗談じゃねえ。それとこれとは別じゃねえですか。こっちが言ったわけじゃねえんだし。お照がこれで、と差し出したんだ。お照がそれで気が済むんだから、姿を見せようが見せまいが、こっちの気に病む義理はねえでしょう」

「理屈はそうでも、道理がたたん。道理など、口にできる柄じゃないのはわかっている。だがな、これで三十両はあと味が悪い。ぼるのは、もっと金のある者からにしようではないか。番町の室生家とか、本銀町の杵屋とか……」

藤五郎は不満顔を宙へ泳がせた。

「そりゃまあね、あと味が悪いっちゃあ、悪いでやすけどね。まったく、女に甘いんだから。わかりやした。杵屋周辺の調べついでだ。人捜しが得意なやつがおりやす。頼んでみやしょう。けど、手間賃はいただきやすぜ」

そう言って、口をへの字に結んで九十郎を睨《にら》んだ。だが、すぐにまた、小太りの頬をゆるませた。

「あ、そうそう。お七が午後、湯にきやした。昨日の鮭《さけ》のきり身の礼を女房に言ったそうで。子供にしちゃしっかりした子だと、感心しておりやした。顔だちも可愛いんで、湯にきたおかみさんらの間で、評判になっておりやした」

「忘れていた。鮭をいただいた礼を言う。昨夜、お七はそれで仙台煮という煮魚料理を拵えた。わさびが効いてこれが旨いのだ。飯が進んだ。お七は料理ができる。料理人の父親に仕こまれたそうだ。あの歳で、大したものだ」

「でしょう」

と、藤五郎が、あっしのお陰でしょう、と言いたげにつけ足した。

「それでおかみさんらが、もしかしたらお七は旦那の隠し子じゃねえかって、何やかやと詮索しきりでやした。あっしは面倒なんで、どうだかね、と言っておきやした」

藤五郎は九十郎をからかっていた。

何が面倒だ。どうだかね、ではなく、違う、と言えばいいだけではないか。

ふうん――と、とり合う気にもならなかった。

ただ、どういうわけか、お七が家にいると思うと気分が軽くなった。これまでになかったことだ。どういうわけだ？　九十郎はそれも口には出さなかった。

九

「坊っちゃんがいらっしゃいました。旦那さまの帰りをお待ちでしたが、今さっき戻られました」

お七が九十郎を出迎えて言った。

「龍之介が？　何か用があると言っていたか」

「いいえ。今日も旦那さまのお顔を見にきたとだけ」

九十郎は笑った。男の子だな。理由をつけ、本当はお七に会いにきたのだろう。

台所の間には七輪に土鍋が架けられ、お七が土鍋の蓋《ふた》をとると、賽《さい》の目ぎりの湯豆腐が温かい湯気を天井へのぼらせた。

椎茸《しいたけ》、人参《にんじん》、白菜に、車海老《くるまえび》の赤が彩りと香ばしさを周りにあふれさせた。

「おお、湯豆腐だな」

日が落ち、まだまだ寒くなる春の初めである。

「お酒はおつけしますか」

「湯豆腐でやりたくなった。一本頼む。やはり冷がいいな」

熱い湯豆腐に冷酒。これは堪《たま》らない。

裏の井戸端で埃《ほこり》を落とし、手足と顔を洗った。着流しになって鍋の前に坐った。鉄絵模様の徳利《とっくり》に盃、小皿にはもみじおろしや刻み葱《ねぎ》の薬味が添えてある。

早速、口に運んだ熱い豆腐が溶けるようにやわらかい。

出し汁には葛湯《くずゆ》が張ってあり、かすかなとろみが感じられた。

「これは？」

九十郎は汁をひと口含んで訊いた。

「昆布と削りかつおの出し汁に、葛湯を加えました。葛湯が豆腐を煮て硬くなるのを防いでくれるのです」

そうなのか、と感心しきりだった。

お七は笑みを浮かべて、湯気の反対側で給仕役についている。一緒にいただこう、と言いたいが、今はまだかえって気を使わせるだろう、と言うのを遠慮した。

つい鍋に夢中になって箸を動かし、酒が進んだ。

車海老の、ぷつ、とした歯触りを味わったときだった。

「旦那さま、おうかがいしてもよろしいですか」

お七が言った。九十郎は車海老を咀嚼《そしゃく》し、酒を含んだ。それから、

「よいぞ。何が訊きたい？　何を訊いてもいいぞ」

と、笑みを浮かべてかえした。

「昨日、坊っちゃんから、坊っちゃんのお父上がお役目の途中で亡くなられたのを、支配役だった旦那さまは申しわけなく思われ、お役目を退かれたって、うかがいました。坊っちゃんは、先生のせいではないのだけれどって。そうなんですか？」

「ふうむ。実事だけを考えれば、やむを得なかったかもしれぬな」

「実事がそうなのに、旦那さまはどうして申しわけなく思われ、お役目まで退かれたのですか」

「上手く言うのはむずかしい。しいて言うなら、負い目かな。昨日も言っただろう。龍之介の父親はいい侍だった。惜しい侍を死なせてしまった。理屈でも、実事でもなく、負い目を覚えた。だから役目を止《よ》すことに決めた。役目の外で、生きてみようと思った。七年前だ。若いお七にはまだわからぬだろうがな」

「いえ。わかります」

　お七がきっぱりと言った。

　九十郎は笑い、盃を舐《な》めた。

「坊っちゃんは、旦那さまはとても剣が強いとも、仰っていました」

　お七がまた訊いた。

「若いころはな、自分の剣の腕前にうぬぼれ我武者羅《がむしゃら》なふる舞いをした。だが歳をとると、自分が思っていたほど強くないのがわかった。若い者には勝てぬ、とな。その程度の強さだ」

　お七は九十郎のはぐらかしに、首をかしげた。

「でも坊っちゃんは、旦那さまが強いことをとても自慢に思っていらっしゃいます」

「龍之介は強い者に遮二無二《しゃにむに》憧れる年ごろだ。強さにもいろいろある。剣の強さだけが強さではない。大人になればわかってくる」

「旦那さま、どうすれば剣に強くなれるのですか」

「そうだな。ひたすら、稽古に励むことだ」

「稽古に励んで強くなると、人はどういうふうになるのですか」

　むずかしいことを訊く。

お七は武家奉公を望んでいた、と聞いた。なぜなのだ、と今はそれを確かめるときではないけれど、九十郎の頭の片隅に残っている。

「お七、剣に強くなろうとする志と、優れた料理人になろうと修業する志は同じだ。だが、剣の達人と一流の料理人とは同じではない。それが強さにはいろいろあるという意味だ。強くなる道は、人それぞれに違っていていいのだ」

お七は解せぬ顔つきをしている。悟りではなく、ひた向きにまっすぐ、強さとは何かと訊いている。

九十郎は困った。熱い豆腐を口に含んだ。

「例えば、お七が活きた鯛《たい》を三枚に下ろすとする。お七は鱗《うろこ》をとり、鰭《ひれ》をのぞく。鯛は活きて、料理人のお七に懸命に抗《あらが》っているが、お七には敵《かな》わぬ。次に鯛の頭を落とす。胸鰭の後ろに包丁を入れた。その途端、鯛は最後の抵抗を試みた。激しく跳ねたのだ。お七は跳ねた鯛の動きに応じきれず、包丁を入れ損ねた。お七の包丁は俎《まないた》にあたった。鯛が包丁を持っていたら、その隙を逃さずお七を疵つけるかもしれぬ」

なぜお七は、包丁を入れ損ねた――と、湯気の向こうのお七へ笑みを投げた。

「鯛が、突然、激しく跳ねたからです。鯛が可哀想」

例え話でもお七は鯛を憐れんだ。

優しいのだな。お七と話していると、気持ちがいい。

「しかしお七、鯛が激しく跳ねたとき、即座に応変できれば、包丁を入れ損ねることはなかった。素早く鯛を押さえ、そのまま包丁を入れることができたはずだ。なぜ素早く鯛を押さえることができない」

「もう包丁を入れていましたから、間に合わなかったのです」

「ふむ。ならば、鯛の跳ねるのがもう少しゆるやかなら、お七は間に合ったのだな」

「あ、はい……」

お七は九十郎が言おうとしていることが、まだわかっていない。

「鯛が跳ねたとき、包丁を入れる動きから次の動きへ応変する間に、お七にはどれほどのゆとりがあればいい。三呼吸の間か、二呼吸か、それともひと呼吸か」

お七は目を落とし、考えた。

ひと息を吸って吐き、ほっそりとした肩が上下した。

「ひと呼吸あれば……」

目を上げて答えた。

「そうか。ひと呼吸でよいのか。だが、そのひと呼吸の間を与えず、鯛は跳ねた。お七は鯛の動きへ応変するのにひと呼吸がかかるため、包丁を入れ損ねた。お七がせめて半呼吸の間で応変できれば間に合ったのに、惜しいことだ。ならばお七は、半呼吸の間に応変するため、頭が働くように、身をこなし包丁がさばけるように、稽古をせねばならぬ」

お七が湯気の向こうから、呆然《ぼうぜん》とした眼差しを寄こした。

「すなわち、稽古に励んで強くなるとは、ひと呼吸の間がかかる応変を、半呼吸の間でできるようにすることだ。わかるか」

お七は瞼《まぶた》をしきりにしばたたかせ、頷いた。

「ふうむ、身体が温まる。お七の拵えた湯豆腐はとても旨い。見事だ」

九十郎はひと呼吸をおいて、言わずにいられなかった。

上野山内の北西に位置する谷中感応寺は、深い夜の帳《とばり》に包まれていた。

広々とした感応寺土塀が芋坂に沿った境内の一画に、内塀が仕きる別院のごとき殿舎が建ち、瓦葺の反り屋根を樹林の間にのぞかせていた。

その感応寺の芋坂にある裏門より、黒木綿《もめん》の法被《はっぴ》の陸尺四人に担がれた一台の網代のお駕籠が、かすかな軋みをたてつつ忍び入った。

お駕籠の長棒に下げた提灯の明かりがゆれ、傍らには深編笠をかぶった侍がひとり供についていた。

供侍は黒羽織の下に肩の肉が盛り上がり、提灯の薄明かりの中でもごつい身体つきがわかった。

お駕籠は、感応寺本殿や庫裡《くり》の方へは向かわなかった。

内塀に仕きられた別院のごとき一画の内門の暗がりへ、かすかな軋みと提灯の明かりと共に消えていった。

感応寺の北の芋坂をくだった根岸の方より、犬の長吠が夜空を響き渡ってきた。

ほどもなく、供侍が勝手知ったふうに殿舎廊下の先に立ち、立帽子《たてもうす》に漆黒の直綴《じきとつ》の僧侶を奥にある一部屋へ導き入れた。

すると、部屋には今ひとりが先に待っており、灯る行灯の薄明かりが唐紙に三つの人影を映し出した。

部屋は唐紙の外で邪悪な闇が息をひそめるような静寂に、包まれていた。

三つの人影は、顔を寄せ合ってひそかな声を交わし始めた。

「九十九なる妙な浪人者が、昼間、娘の一件を訊きにきましたぞ。老いぼれ侍でしたが、三屋半次郎のお照とか言う女房に頼まれたと、いやにしつこく、油断ならぬ男でした。三屋の一件は落着したのではないのですか。大丈夫でしょうな」

影のひとつ、萩野忠五郎が苛だちを隠さず言った。

立帽子の僧侶と黒羽織の供侍の熊代洞山が、やおら顔を見合わせた。

「九十九十郎なる侍は、おれのところへもきた。ただの浪人者だ。あればかりの老いぼれが嗅《か》ぎ廻ったところで、何もわかりはせぬ。三屋の一件は流しの追剝ぎの仕業に決まりだ。水鶏橋の忠一にも俊慧にも、ちゃんと言い含めてあるのだから、あれが露見する懼《おそ》れはない。心配は無用だ。萩野、あたふたとうろたえるな。かえって目につくではないか」

熊代が張りのある太い声を響かせた。しかし萩野は、それでは収まらなかった。

「真海《しんかい》さま、俊慧は大丈夫でございましょうな。あんな青瓢箪《あおびょうたん》みたいな修行僧に牢屋敷は耐えられるのでございますか。わたしどもは真海さまが頼りでございます。真海さまのお力で事を速やかに収めていただかねば、夜もおちおち眠れません」

「萩野、今さら何を怖気《おじけ》づいている。真海さまはわかっておられる。妙にご負担をおかけする事を申してはならん。元々あんたは無理やり巻きこまれたのではなく、自らわれらの話に加わったのだ。ここは腹を据《す》えてかかるしかないだろう」

「それはそうですが、まさかこんな事態になるとは思いもしませんでした。熊代さんの仰ることと、この事態は別でしょう。こうなったうえは、真海さまのお力におすがりするしかないではございませんか。失礼を申すようですけれど、この事態を収めるのは熊代さんのご身分では無理ですよ」

熊代は萩野の物言いに舌打ちをした。

立帽子の僧侶は行灯の下の煙草盆を指差し、「熊代……」と静かに言った。

熊代が恭《うやうや》しく煙草盆を僧侶の膝の前へ進めた。

僧侶は渋い光を照りかえす銀煙管を煙草入れよりとり出し、刻みをつめて火をつけた。そして、行灯の明かりが届かない暗い天井へ、ゆらり、と煙をくゆらせた。

「俊慧は、十になる前からわたしの寺小姓として仕えておった」

僧侶は、五十を超えた歳のころの少し嗄《か》れた声で言い、もう一服した。

「わたしは父親よりも俊慧のことを知っている。ほかの者に何があっても、俊慧だけは間違いない。それだけは確かだ」

僧侶は萩野へ一瞥《いちべつ》を投げ、熊代に眼差しを移した。

萩野は心配そうな顔をそむけ、熊代は僧侶へ黙礼をかえした。

「また、俊慧に寛大なお裁きを賜《たまわ》りますよう、元山主・ご隠居さまにくれぐれもお願いいたし、ご隠居さまの内諾は得ておる。ご隠居さまに寺社奉行へ手を廻していただき、俊慧は江戸追放になる。叡山《えいざん》へのぼり、修行の道に入る」

寛永寺子院大慶院の院家《いんげ》・真海の嗄れた声が、ひそやかに続いた。真海は銀煙管の吸殻を、灰吹きに落とした。

「ならばよろしいのでございますが。あの、それで、真海さま。か、金はいつになるのでございますか」

萩野がくどくどと言った。

「大事なわが娘の命を奪われたのでございます。繰りかえし申しております。この一件、ただ悲しみに暮れて黙って見すごすわけにはまいりません。事の次第が明らかになれば、みなの破滅でございますよ。わが家だけがこのような目に遭い、終わりにされては堪《たま》らないのでございます。十両や二十両のわずかな供養料では、わが娘は浮ばれません。何とぞ、お約束の金額を、お願い申し上げます」

「萩野、わかっておる。このままで終わりになどはしないと、何度も言っているだろう。真海さまにしつこくねだってはならん」

「ねだって、ですと。そんな言い方はないでしょう」

「同じことを繰りかえすからだ。よいか、五百両ともなると、いかに院家のお立場にあっても、真海さまとて少々お手間がかかるのだ。それがわからんのか」

「わかりますよ。わかりますが、ときがかかりすぎるのではありませんか、と申しておるのです。ぐずぐずしているから、三屋ごときが勘繰《かんぐ》ってきたし、九十九なる妙なじいさんが首を突っこんできたのではありませんか。心配してあたり前でしょう」

「九十九の動きが目にあまれば斬って捨てる。三屋と同じだ」

熊代が響く声を抑え、しかし激しく吐き捨てた。

四半刻後、部屋の唐紙に映った二つの影が、ささやき声を交わしていた。

小柄な痩せた萩野が、退室したあとだった。

立帽子《たてもうす》の真海が肩の肉が盛り上がったごつい体軀の熊代に、嗄れた声で言った。

「萩野は、少々目障りです」

「確かに、だいぶうるそうございますな」

熊代が響く低い声で答えた。

「では、黙らせなされば、よろしいのでは？　厄介なことは、困ります」

「承知いたしました。では早急に、手を打ちます」

「ふむ。厄介がなくなれば、五百両の工面に頭を悩ませなくてすみますし、そちらもこれまで通り、つつがなく……」

ははあっ――と熊代が真海へ頭を垂れた。

それからさらに一刻以上がすぎた。

真夜中の九ツ（午前零時）、谷中茶屋町は嫖客の賑わいや女たちの呼びこみの声が途絶え、どの店もそろそろ明かりが消える刻限だった。

泊まりの客たちもやがて寝静まり、ただ新茶屋町と古門前町の辻で、火を禁じられている茶屋町で働く男や女らが客になる風鈴蕎麦《そば》の風鈴の音が、夜の町にか細く鳴り響いているばかりだった。

その酒亭の二階のひと部屋で、熊代洞山が化粧の濃い大年増の女将の酌で酒を呑んでいた。

丸火鉢に架けた鉄瓶が湯気をたてる中に、徳利を燗《かん》にしていた。

女将が徳利を鉄瓶から出し、布巾《ふきん》でぬぐって「はい、あんた」と、熊代の盃へ燗酒をついだ。

熊代はうめき声のような返事をもらし、女将がついだぬる燗をひと息にあおった。

「まったく、真海さまも女好きなうえに欲が深い。ひとつ終わればまたひとつだ」

「大丈夫だろうね、あんた。厄介はこっちだってごめんだよ。変なじいさんにしつこく訊かれて、どきどきしたんだから」

女将は熊代が差し出した盃へ、また燗酒を満たした。

「九十九なんぞ、大したことはない。おまえは、店の女どもをちゃんと抑えていればでな……」

心配はいらぬさ。おれに任せておけ。俊慧が江戸追放のお裁きを受けて叡山へこもり、

熊代がささやき声になった。

「萩野と女房がいなくなりゃあ、元のままだ」

「恐いね、ほんと。いやだいやだ。呑まずにいられないよ。あんた、ついでおくれ」

女将が盃をとった。

「あは、人の生き血をさんざん吸ってきたお富《とみ》にしては、気の弱いことを言うではないか。毒食《くら》わば皿までだ。お富、引きかえす道はないぞ」

熊代が女将の盃に酒を注《つ》いだ。

そのとき階段が軋み、足音が二階の廊下に鳴った。

安普請の酒亭がかすかにゆれた。

おれだ。いるか――引違いの襖《ふすま》の外で男の声が言った。

「おお、入れ」

熊代が答えた。

襖がそっと開き、立帽子に小道服と袈裟《けさ》の僧侶と、墨染めの雲水姿の僧の四人が狭く暗い廊下に膝をついていた。

立帽子と小道服に袈裟の僧侶は感応寺執当《しっとう》の哉了《さいりょう》、饅頭笠《まんじゅう》と杖を手にして、覚道《かくどう》、加持丸《かじまる》、法願《ほうがん》がそれぞれ哉了の後ろに控えていた。

哉了が熊代へ一瞥《いちべつ》を投げ、部屋に入ってきた。

三人が続き、入り口の襖を背に座禅を組んだ。

背を丸めた痩せた哉了と違い、三人は隆《りゅう》とした体躯をそびやかす風情だった。

鋭い眼光に頬が野犬のように削《そ》げ、膝においた両腕、脚絆《きゃはん》を巻いて座禅を組んだ両脚は肉がはちきれそうなほど逞《たくま》しかった。

三人とも、白木の仕こみ杖をわきにおいた。

熊代は丸火鉢を挟んで対座した哉了から、後ろの三人へ薄笑いを送った。

「次の仕事だ」

熊代は薄笑いを消さずに哉了へ顔を戻し、言った。

「誰だ」

哉了が訊いた。

「車坂のおやじだ」

「ええ？　萩野か」

熊代は盃を舐《な》めた。

表の道を夜廻りの鉄杖《てつじょう》の音が近づいてきた。

女将のお富が、徳利をかざした格好で哉了と後ろの三人を見廻している。

「女房もか」

「ああ。使用人も含めてみな始末する。押しこみ強盗に見せろ。真海さまがおやじを鬱陶《うっとう》しがっておられる。それがお望みだ。覚道、加持丸、法願、わかっているな」

熊代が三人に言った。

「任せろ。覚道らの仕事に粗漏《そろう》はない。三屋同様、綺麗に片づける」

哉了が答えた。

熊代は三人が発する声を、聞いたことが殆《ほとん》どなかった。初めは、口が利けぬのかと思ったほどだった。

三人は身延山久遠寺《みのぶさんくおんじ》のある末寺の僧だった。五年以上前、修行のためと称して雲水となり諸国を廻る旅に出た。

去年の暮れ、感応寺に現われた。哉了が呼び寄せた。

哉了は熊代に三人を引き合わせたときに言った。

「この者らに任せれば間違いはない。手遅れにならぬうちに片づけよう」

それぞれの鋭い眼光が熊代を射貫《いぬ》いていた。熊代は、なるほど、こいつらなら間違いなさそうだ、と思った。

三屋半次郎の始末は一瞬で済んだ。覚道が、三屋に止《とど》めを刺した暗い池の端通りで経を呟いた。熊代はそれを聞き、口が利けるのだと知った。

覚道から目をそらさず、つつがなしか、と盃を舐めながら思い、そして、真海を巻きこんだことを、一瞬、後悔した。

あの生臭坊主め――と胸の内で呟いた。

表の新茶屋町の小路に、夜廻りの鉄杖の音が遠ざかっていった。

其の三　消えた女

一

九十郎の調べは、いきづまっていた。

俊慧には、牢屋敷揚屋《あげや》の鞘土間《さやどま》で四方を囲む縦格子越しに会った。

御小人目付のころの伝《つて》に頼った。むろん、袖の下の何がしかの物要りは当然あるけれど、牢屋同心の計らいだった。

俊慧は痩《や》せて背が高く、優形《やさがた》な様子の若い男だった。

剃髪《ていはつ》した形のいい頭にだいぶ髪がのび、薄い無精髭も長くなっていた。

俊慧は九十郎の問いに、格子のそばに背を丸めて端座し、ただうな垂《だ》れて首を横にふるばかりだった。

萩野の娘・三重との馴れ初め、殺めた経緯《いきさつ》、また、三屋半次郎という山同心が俊慧に何か訊きにきたはずだが、何を訊かれたのか、三屋半次郎を知っているのかいないのかすら、いっさい口を噤《つぐ》んで語らなかった。

「三屋半次郎は先だって、追剝ぎに遭い、命を落としました。流しの追剝ぎらしいですが、追剝ぎはまだ捕まってはおりません。ご存じでしたか」

九十郎が言ったそのときだけ、俊慧はうな垂れた頭を、何かを訊きたそうに小さく持ち上げた。

「俊慧さん、あなたは若いが出家し、僧侶になった。歳は若くとも僧侶になると、決心をされた。そのあなたが三重という女と僧侶にはあるまじき密会を重ね、あまつさえお三重を殺めた。なぜそんなふる舞いに及ばれたのかわけは話していただけぬが、あなたのふる舞いによって、苦しめられた者、悲しんだ者がおります。その者らを憐れと思われませんか」

俊慧は沈黙を守り、うな垂れたままだった。

しかし、九十郎が諦《あきら》めて鞘土間を去ろうとしたとき、か細い声でようやく言った。

「すべては御仏《みほとけ》にお任せいたしております。御仏のお心のお裁きのままに。ただそれあるのみでございます」

そうして格子の向こうで合掌し、経を唱えたのだった。

後日、同じく昔の伝と袖の下を頼りに、九十郎は寺社奉行配下の吟味物調役《しらべやく》の話を聞くことができた。

「俊慧は修行僧の身でありながら、ずるずると三重との密会を続けていてはまずいと思っていたが、やめられなかった。ある夜、これきりにしたいときり出した。しかし三重は別れることを拒み、二人は諍《いさか》いになった。かっとなった俊慧は、ついわれを失って三重の首を絞めた。気がついたら三重はぐったりとしていた。よくある痴情のもつれの末に、というやつですな」

と、調役は言った。

「俊慧は寛永寺子院の大慶院の院家・真海和尚《おしょう》の愛弟子《まなでし》だそうです。十歳になる前から寺小姓として真海和尚に仕えておりました。泣いて悔んではおりましたが、女犯の罪の上に命まで奪った。これではいくら僧侶でも、死罪は免れぬでしょう」

「俊慧は根岸の水鶏橋の、忠一という料理茶屋を兼ねた出合茶屋でお三重と密会を重ねておりました。先だって忠一で昼飯をいただきましたが、安くはなかった。修行僧の身でありながら、忠一で密会を続ける金が続いたものですな」

九十郎は訊いた。

「それはどうやら、俊慧は真海和尚の手文庫より、密会の費用をくすねておったようです。本人が言っておりました。真海和尚は手文庫の金がくすねられていることに気づいておられたが、俊慧のことだからきっとわけがあるのだろう、しばらく見守ってみようというお考えだったそうだ。だがまさか、密会とは思われなかった。真海和尚は、この事態を招いたことは自分にも責任があると、悔やんでおられた」

「根岸の住人の間で、水鶏橋の忠一にとき折り、網代の引戸の御忍駕籠《おしのび》が入っていくという噂《うわさ》が伝わっておりました。乗物には僧侶がひとり、いつも供をしていたと。俊慧がそんな乗物を密会に使っていたのでしょうか」

「まさか。俊慧はたいてい徒歩か、稀に町駕籠を使っておりました。町駕籠はあくまで目だたぬようにするためでした。御忍駕籠の噂はおそらく別の方でしょう。あのあたりはお大名の下屋敷が多いですからな。供の僧侶というのは俊慧の一件があって、愚かな百姓がそう言えば、といい加減な噂を流しておるのですよ。主人の忠一も、俊慧と相手の三重は、いつもひっそり店に現われたと、言っておりました」

　それはそうだろう。修行僧と浪人の娘との密会に、網代の引戸の御忍駕籠など、あるはずもなかった。寛永寺の高僧ならまだしも……

　ともかく、俊慧の一件に三屋がどのような不審を抱《いだ》いたにせよ、それと三屋が遭った災難とはなんのつながりもない。それは明らかだった。

これ以上、重箱の隅を楊枝《ようじ》でほじるような調べをしても意味はない。

三屋はたまたま災難に遭った。それで決まりだった。

そうして十日ほどがたった。

一月下旬が押しつまったある日の朝四ツ（午前十時）、九十郎は藤五郎の湯屋の二階休憩部屋の片隅に仰向《あおむ》けになって煙管を玩びつつ、休憩部屋の天井板の節目の数を数えていた。

近所の隠居が「お民、おぶうだ」と呼びかけ、よく太ったお民が「へえい、ただ今」と、どすどすと畳をゆらしていた。

お照は姿を消したまま現われなかったし、一方、番町の室生家と本銀町の杵屋のかけ合いは、杵屋からの返答がなかった。

やれやれ、いきづまりだな……

九十郎は、どちらも進展のない事態に、いささか屈託《くったく》を覚えていた。

そこへ不意に、九十郎の目の中へ藤五郎が顔をのぞかせた。

「旦那、お照のことでちょいとお話が……」

と、藤五郎が上から見下ろして言った。

「おお、お照のいき先がわかったか」

九十郎は仰向けから腹ばいになった。

「いえ、そうじゃねえんで。けど、お照のいき先を探っている者から、気になる話が聞けやしてね。三屋の一件とかかわりがあるわけじゃ、ねえんですがね。これは旦那にお知らせしておく必要があるかと思いやしてね……」

と、藤五郎がそう言って、九十郎の前に坐った。

「気になる話？　なんだ」

九十郎は上体を起こした。そして、煙草盆を寄せて煙管に刻みをつめた。

「お照は侍の家の生まれだと、仰いやしたね」

「そうらしいと聞いただけだ。定かなことはわからぬ」

「上野の先、千住《せんじゅ》の手前の三ノ輪町に、昔、西条伴右衛門《さいじょうばんえもん》という浪人者が住んでおりやした。女房と娘がひとり、おりやした」

九十郎は煙管に火をつけ、ゆっくりと吹かした。

「生国は、越後《えちご》か出羽《でわ》か、はっきりしやせん。が、ともかく、貧乏な浪人者でやした。三ノ輪近在の百姓や近所の子らを集めて読み書き手習い師匠を生業にし、親子三人がかつかつの暮らしだったそうでやす」

「昔とは、いつごろの昔だ」

「話を聞いた者によりやすと、十年ぐらい前のことらしいと」

十年ぐらい前ならお照は十六、七の年ごろか、となぜか不意に思った。


一刻後の昼九ツ（正午）、九十郎は北町奉行所表門前の環濠わきに佇んでいた。

真昼の明るい日差しが、九十郎のかぶった菅笠や黒紬《つむぎ》の袷《あわせ》の肩に降っていた。

藤五郎に聞いた話は胸につかえて、九十郎の気が晴れなかった。お照の流した涙がしきりに思い出され、
どういうつもりなのだ……

と、薄れかかっていた疑念が脳裡に甦《よみがえ》っていた。

「九十九、待たせた」

継 裃《つぎかみしも》の橘左近が表門に現われた。九十郎は菅笠を上げ、

「やあ、突然、済まぬ。また少々訊ねたいことができた。蕎麦でも食おう」

と、まぶしい日差しを避けて会釈を送った。

二人は呉服橋《ごふくばし》御門外へ出て、お濠端《ほりばた》の蕎麦屋へ入った。

蕎麦屋は昼どきの客で賑《にぎ》わっていたが、花茣蓙《ござ》を敷いた小上がりの床に坐ることが

できた。九十郎のきり出した話は、さほど長くはかからず、

「……というわけで、西条伴右衛門の顛末《てんまつ》を聞かせてほしいのだ」

と言ったとき、二人が頼んだ盛りもまだできていなかった。

「すると何か。西条伴右衛門の娘が、先だって殺された山同心の三屋半次郎の女房だったのか。名前はお照だな。そうか、思い出した。十年ほど前、正確には丸九年と半年前になる。西条伴右衛門の娘はお照だった。ありふれた名だから、気がつかなかった。確かお照はあの年、十六歳だった」

橘は顎に手をあてがい、九十郎との間の花茣蓙に目を落とした。

「あれは気の毒な一件だった。おれが詮議役《せんぎ》に就いていた最後の年に起こった一件だった。おれが詮議をしたから、よく覚えている。と言うより、あと味の悪さが忘れられない一件だった。いっとき、奉行所でもちょっとした評判になった。西条伴右衛門が気の毒だったからではない。そういうことがあるのか、という評判だった。気の毒なというのは、あとになって思ったことだ」

「西条は訴えられたと聞いた。一体何をしたのだ」

「ふうむ。結果としては、訴えられた筋では西条は何もしておらん」

「何もしておらぬのに、訴えられたのか」

「まあ、そうだ。だから奉行所でも評判になった。順々に話そう」

橘が言い、視線を店の格子窓の外へ遊ばせた。

窓の外には、お濠越しの曲輪《くるわ》の石垣と白壁が望め、お濠端の道を人がいき交っている。九十郎は橘の横顔に言った。

「西条の生国は、どこだね」

「出羽は佐竹《さたけ》領の、秋田の浪人だ。佐竹家に仕える上士の又者《またもの》だったと思う。どういう事情でか主家を離れ、仕官先を求めて妻子共々、江戸へ出てきた。お照がまだ小さいときだ。調べにあたった掛の者が言うには、西条は田舎侍の融通の利かぬ一徹な男だったようだ。今どき、余ほどの伝《つて》でもなければ仕官先などあるはずがない。秋田だろうが江戸だろうが、同じだ」

橘は九十郎に、そうではないか、というような目を向けた。

「主家を離れた侍は、みじめだな。新たな仕官先など九分九厘見つからぬし、たとえ侍を捨てたとしても、侍だったという以外に芸のない者に、どんな仕事ができる。だから侍にすがるしかない、というわけだ。田舎者は江戸へ出ればなんとかなる、と淡い望みを抱いて出てくるが、所詮、物乞い同然の身に落ちるのが関の山さ」

「そういうもんか」

「そういうもんさ。西条は三ノ輪町で手習所を開いて暮らしの方便にした。手習い師匠の稼ぎなど知れておる。さぞかし貧しい暮らしだったに違いない。仕官など、とうてい望むべくもない事情はすぐにわかっただろう。先に望みはなく、貧しさから抜け出るあてはなく、捨てた国に今さら戻る術《すべ》もない。日々の暮らしにあくせくし、身と心をすり減らして、それでもなお西条は生きねばならなかった」

「当然だ。人は生きるために生まれてくるのだからな」

「簡単に言うが、そんな暮らしが西条には十数年も続いたのだぞ。だが、どのように苦しい暮らしであれ、すぎた十数年はいい。むごいのは、そののちも身と心をすり減らす苦しい暮らしが十年、二十年と、死ぬまで、あるいは惚《ぼ》けておのれがわからなくなってしまうまで、変わらずに続くということだ」

「そうだろうか。変わろうと努め励んでいれば、人は変わるのではないか。例えば、内職仕事で、暮らしが存外うまくなりたつ場合もある。どんな世の中であろうと、またどれほど歳をとろうとだ」

橘は皮肉な笑みを浮かべ、九十郎を見つめた。そして、

「九十九らしからぬことを言う。でなければ仕舞屋にでもなるしかないのだぞ」

と、橘がからかった。

「まぜかえすな」

九十郎は言いかえしたが、思わず橘と低い笑い声を交わした。

「お待たせ、いたしました」

赤い襷《たすき》がけの女が、盛りを二枚運んできた。

店は客の出入りが多く、賑わっていた。格子の仕きりを隔てた板場の方から、天麩《てんぷ》羅《ら》を揚げる胡麻油《ごまあぶら》の香りや、そばを茹《ゆ》でる湯気が流れてくる。

橘は蕎麦をすすりながら続けた。

「あの一件のあと、おれは思った。西条は江戸へ出てきて、何を支えに生き長らえていたのかとな。腰に二本を帯びてさえいれば、侍の誇りを持てるのか。明日の米にすら事欠く暮らしを続けながら、体裁だけをとりつくろって、それで満たされているのか。そこまでして侍に執着する意味は一体なんなのか。侍とはなんだ、とな」

「それは本人にしかわからぬだろう。妻も娘もいたのだ。一家団らんがある。手習い師匠の貧しい暮らしが、西条にとって不幸だったとは限らん」

「だが西条は、侍に執着した。侍の心を捨てなかった。あまりに貧しくみじめな暮らしゆえに、捨てられなかったのだ。馬鹿な話だ。西条が融通の利かぬ一徹な田舎者、というのはあたっている。それが気の毒な事態を招いた。でなければ西条は今も生きて、三ノ輪の陋屋《ろうおく》でほそぼそと手習い師匠を続けておったただろう。いっそ、死んだ方がましだったかもしれぬがな」

橘の言い方は、持って廻って、しかもくどく感じられた。

仕える主家を去り、禄《ろく》を失い貧しい浪人に身を落としても、侍を捨てない者は大勢いる。九十郎自身が似たようなものだし、禄を食《は》んでいたとしても、暮らしがなりたたず、借金苦に喘《あえ》ぐ武家は今どき少なくはない。

西条伴右衛門の生き方が、殊《こと》さら珍しいわけではなかった。

気の毒な、と言っていたにもかかわらず、橘の言葉には妙に毒があった。

「気の毒な事態とは、西条に何があったのだ」

九十郎は橘を促し、橘は「うん……」と答え、そばをすすった。

店は客の出入りが引きもきらずで、「ありがとうございましたあ」「おいでなさいませえ」とかける、襷がけの女たちの声が絶えなかった。

二

「三ノ輪の隣町の金杉下町に、それなりの表店をかまえる伊勢屋《いせや》という醬油酢問屋があった。たぶん今もあると思う。伊勢屋の先代が乙吉《おときち》という男で、五十になって倅《せがれ》に代を譲り、隠居暮らしを始めた。隠居になった乙吉はいい歳をして、と言っても五十という歳は今のおれより若いのだが、吉原《よしわら》通いが楽しみだった。月に何度か、金杉下町から三ノ輪町をすぎて吉原通いを続けた」

九十郎は黙って蕎麦をすすったが、すでに食い終わった橘は、茶を含んでいた。

「そのうちに馴染みの遊女ができ、乙吉は遊女を身請《みう》けしどこぞに囲いたいと思うようになった。身請け話が進み、秋のある日、乙吉は数十両の身請け金や支度金やらを懐に入れて普段より早めの八ツ半ごろ、金杉下町の店を出た」

橘はひと口含んだ茶碗をおいた。そして、

「三ノ輪の梅林寺の横町の梅ヶ小路を抜けて、下谷の田んぼ道を通って日本堤に上がるのが、乙吉の吉原への通い道だった」

と、田んぼ道をゆく乙吉の姿を追うかのようにひと重の目を窓へ流した。

「廓《くるわ》の亭主と金額が折り合い、いざ手打ちという段になって乙吉は懐に入れたはずの財布がないことに気づいた。間違いなく財布を持って家を出た。数十両もの大金が入ったずっしりと重い財布だ。間違うはずがない。落とした、途中のどこかで落としたのだ、と乙吉は慌てふためいた」

九十郎は猪口《ちょく》をおき、そばを幾らか残したまま箸《はし》をおいた。

「当然、廓でも大騒ぎになった。乙吉と廓の若い者らが、まだ外は明るい、今のうちにと、乙吉が通った道順を虱潰《しらみつぶ》しに探りつつたどっていった。むろん吉原の会所に届けた。日本堤の小屋掛けの店の一軒一軒にあたった。下谷田んぼの通り道にある百姓家にも声をかけて廻った」

「財布は、見つからなかったのだな」

「そういうことだ。そんな大金の入った財布を拾った者が、正直に名乗り出るはずがなかった。乙吉らは三ノ輪の自身番にも、かくかく云々《しかじか》と声をかけた。自身番ではそりゃあ大変だ、みなで手わけして探さなきゃあ、ということになったときだった。ひとりの当番が、そう言えば一刻ほど前、梅林寺の横町で西条先生が道端で何か拾ったのを見かけましたね。西条先生にうかがってみましょう、と言った」

「西条が財布を拾ったところを、自身番の当番が見ていたのだな」

「拾ったところを見たというだけで、財布かどうかはわからなかった。自身番と梅林寺は一町以上離れている。すると、乙吉が手を打った。そう言えば、下谷の田んぼ道で、西条先生が子供らを連れて通りかかったのとすれ違った。そうか、西条先生が拾ったのか、と乙吉は合点した。すぐにいかねば、と自身番の町役人、乙吉、廓の若い者らが三ノ輪の西条の裏店に押しかけた」

当番のひと言が西条へみなの疑念を向けることになった――と、橘が言った。

九十郎の胸が鳴り始めた。

「路地に現われた西条に、乙吉は単刀直入に言った。西条先生、まことに畏《おそ》れ入りますが、梅林寺の横町で拾われた財布をおかえし願います、あの財布はわたくしのものでございます、とな。西条は、財布など拾った覚えはない、と答えた。お隠しにならないでください、こちらの当番さんが、梅林寺の横町で先生がわたしの財布を拾ったところを見ているのでございます、そうでございますよね、と迫った」

「当番はどう言った」

「財布を、とは言わなかったが、拾ったのを見たと言った。だが、乙吉は財布を拾ったと思いこんだ。おかえしくださいさい、財布など知らぬ、と近所の住人が集まった路地で押し問答になった。では何を拾われたので、と町役人のひとりが訊き西条は、今日は子供らを連れて野の薬草などの観察に出かけ、その戻り道の梅林寺の横町で付木《つけぎ》を一本拾った、これぐらいはよかろうと持ち帰った、それだけだ、と答えた」

付木は檜《ひのき》や松などの薄い木片の端に硫黄《いおう》を塗りつけ、行灯や竈などへ火を移すときに用いる道具である。

「ならば子供らに確かめようということになった。町役人が手わけして西条の手習所に通う子供らに訊いて廻った。子供らは西条が拾ったと答えた。何を拾ったかではなく、拾ったか拾わなかったかがとり沙汰された。さらに町役人のひとりが、西条の妻が夕刻、近所の魚屋で小鯛の尾頭つきを買った話を聞きつけてきた。それで騒ぎは大きくなった。乙吉はこの裏店住まいで小鯛の尾頭つきですか、と問いつめた」

橘がそう言って、茶を一服するのを九十郎は目をそらさずに見つめた。

「西条は、貧乏暮らしでも、それぐらいの贅沢《ぜいたく》をすることも稀《まれ》にある、と弁明した。乙吉は承服しなかった。年に数度とはいつですか、人の財布を拾って着服したときですか、と迫り罵《ののし》った。貧しくとも気位の高い西条は、無礼を申すと許さんぞ、と刀を抜きそうな勢いになり、西条の妻や娘のお照、近所の住人らがとめに入る騒ぎが夜遅くまで続いた。むろん騒ぎは翌日も収まらず、たちまち町中に広まった」

九十郎は唇を結び、出かける言葉を抑えた。

「翌朝、夜明け前から乙吉は西条の住まいの戸を激しく叩いた。乙吉は、拾った金をかえせ、と執拗《しつよう》に迫った。廓の若い者が乙吉に加勢し、かえせ、と近所に響き渡るように喚《わめ》きたてた。朝から日暮れまで、半刻ばかりの休みをおいては、乙吉らはそれを繰りかえした。手習所を開くこともできない。それが次の日も、また次の日も続いたのだ。裏店の住人も堪《たま》らない。近所迷惑だ、いい加減にしろ、と腹をたて始めた」

「乙吉らを、とめたのか」

「違う。乙吉は拾ってくれたお礼の一割に、さらに五分を足して一割五分を差し上げます、七両近くになります、それでいかがですか、と言い始めた。しかし、西条は店に閉じこもったまま、いっさい相手にしなかった。相手にしたら、侍に無礼を働く乙吉を斬り捨てることになる、と思っていたからかもしれぬ。そういう頑《かたく》なな応対が、一方が折れているのに西条先生も欲な人だね、ということになっていった」

「欲な人、だと？　住人は真相を知らぬのだろう」

「一方は伊勢屋の金持ちの隠居。方や、裏店の貧乏暮らしの浪人。西条先生も大事にならねえうちに戻せよ、ひと言詫びりゃあ済むだろうに、とだ」

橘は九十郎の目をそらし、窓の外へまた顔を向けた。

「騒ぎはわずかなときの間に、西条が伊勢屋の隠居の財布を拾って着服した、という噂になって近隣にどんどん広まった。手習所に通っていた子供らの親が次々にきて、うちの子を通わせるのはやめさせていただきます、と言いにきた。そうして、乙吉らに裏店の住人も一緒にまじって、金をかえせ、と喚き声をそろえ始めた。西条先生だったのが、西条、と呼び捨てになり、やがて、盗人《ぬすっと》、になった」

「むごいな……」

九十郎は思わず、呟いた。

十六歳の娘が、うろたえて不安に苛《さいな》まれている姿と、湯屋の休憩部屋のお照の姿が重なった。

「まことにむごい。西条親子は住まいからほとんど出られず、雪隠《せっちん》にいくのさえ、乙吉らが時どき休みに戻る間や、暗くなってからこっそり済ませるというあり様でな。それも隣近所の住人が、次第に向け始めた厳しい目の中をだ。人とは、そういうものだ。心優しき隣人があるとき突然、獰猛《どうもう》な獣に豹変《ひょうへん》する」

知ったふうな、と九十郎は思ったが、口には出さなかった。

「そういう経緯《いきさつ》が五日ばかり続いて、とうとう金杉下町の町役人がつき添って乙吉は奉行所へ西条を訴えた。訴えによって掛の町方が西条を問いつめ、調べた挙句、西条は捕縛され牢屋敷に入牢の身となった」

「財布が、西条の住まいから見つかったのか」

「掛の町方が問いつめ、極めて怪しいとなったからだ」

「怪しいだけか。確かな証拠もないままにか」

橘が鼻先で笑った。

「確かな証拠だと？　元御小人目付のおぬしがよく言う。証拠があろうとなかろうと怪しければ捕えて厳しく詮議する。それの何がおかしい。御小人目付のおぬしの役目も似たようなものだったではないか。済まぬ、こちらに茶をくれ」

と、橘は店の女に声をかけた。「へえい」と女がきて、急須の茶を橘と九十郎の茶碗へそそぎ、二人の笊《ざる》を載せた盆を片づけた。

九十郎は沈黙し、女の仕種を見守った。

「おれが詮議を受け持った。乙吉と西条が顔を合わせ、詮議所のお白洲で二度詮議を行った。乙吉は西条が財布を拾って着服したと訴え、西条は身に覚えはないと譲らなかった。乙吉には、町内の名士や問屋仲間、町役人、伊勢屋の近隣の住人らが従い、乙吉の訴えはもっともだと言いたてたが、西条にはつき添いの家主はいるが、庇《かば》いだてする者は、女房と娘のお照以外にはいなかった。だから、仕方がなかったのだ」

「仕方がなかった？」

「西条が財布を着服したと、思いこんだことをさ」

「仕方なく、どうしたのだ？」

「西条の責問《せめどい》をやった」

死罪相当の罪人の拷問は、評定所の決裁をへて牢屋敷の拷問蔵で行うが、奉行所でも奉行所の判断で責問が行われた。

西条の罪状は、むろん死罪に相当する。

「すべてを白状すれば楽になれると言ったのだが、西条は知らぬ、と頑なに言い張った。こうなれば、牢屋敷の拷問にかけるしない、と考えていた。今にして思えば、乙吉に対しても、きちんと問い質《ただ》しておくべきだった。乙吉の訴えと、掛の町方の調べを疑わなかったことが悔やまれる」

橘が顔を歪め、ひと息を入れた。

「乙吉の財布が見つかったのは、死罪の裁断をくだす前だった。財布は乙吉の居室の簞笥《たんす》の奥に仕まってあり、数十両の金も見つかった。乙吉は勘違いをしていた。身請け話の最後のつめが残っているから金は後日持っていこう。そう言えば、ひとりでは物騒《ぶっそう》だからと、あの日は用心したのを忘れていた。これはえらい事になった。乙吉、伊勢屋の主人である乙吉の倅、町役人共々、畏れながらと奉行所へ駆けこんだ」

「橘はさっき言ったな。西条は侍という気位にすがって生き長らえていたと」

「ああ、たぶん。十年がたった今でも、そう思っているよ」

「そんな西条だったなら、無実にもかかわらず貧乏ゆえ屈辱をこうむったことは、さぞかし悔しかったろうな」

九十郎が言った。橘は唇をわずかに歪め、

「なんたる不始末。伊勢屋の乙吉は沙汰あるまで謹慎を申しつける。西条伴右衛門を早速、解き放て、と命じた」

と、殊さらにさり気なく答えた。

「裁断をくだす前で、不幸中の幸だったではないか」

「いや。不幸中の幸にはならなかった。西条は牢屋敷から解き放たれ、三ノ輪の住まいに戻ると、妻と娘のお照に、心配をかけ済まなかった、と詫びた。元を正《ただ》せば、すべてはわが身の不甲斐なさにある、しばらく休みたいが、武士として済ましておかねばならぬことがいささかある、と言い残し、二刀を携え住まいを出た」

九十郎は言葉が継げず、ただ、激しくなった鼓動を聞いていた。

「西条が金杉下町の伊勢屋に現われたとき、事の顚末《てんまつ》を知っているお店の者たちはみな凍りついたと言う。主の倅夫婦は西条がきたと聞いただけで小さな子供を抱え、逃げ惑ったそうだ。あとのことを考えてか、店の者は誰も助けを呼びにいかなかった。西条は居室で謹慎中の隠居の乙吉の首を一刀の下に刎《は》ねた。一緒にいた女房の首も刎ねた。それから庭に下りて腹をかっ捌《さば》き、最後は自ら首にひと太刀を入れて息絶えた」

橘は言葉をきった。

すると、静まりかえった周囲から急に店の賑やかさが甦った。

九十郎と橘は、呉服町のお濠端を呉服橋へ戻っていた。

土手の柳に、昼の明るい日差しが白々と降りそそいでいる。

お店者《たなもの》や侍、町駕籠、馬喰《ばくろう》の牽《ひ》く荷馬、行商、身なりのよい老若男女が通りをいき交っていた。お濠に、かるがものどかに漂っていた。

「おれは動揺した。とんでもないことになったと」

「詮議とて人のやることだ。思い違い、勘違いはある。十年も前のことだ」

九十郎はやや小柄な橘を慰めた。

「それで済むのか？」

「済まさなかったのか？」

「いや。済ませた。わが身が可愛い」

橘は心なしか肩を落として言った。

侍とはなんだ、と九十郎は心の中で呟いた。

「西条の妻とお照はどうなった」

「妻とお照に咎めはなかった。金杉下町と三ノ輪町の町役人、それと伊勢屋の主人がそろって奉行所に嘆願書を出し、残された西条の妻と娘のお照には咎めがないようにと願い出た。伊勢屋としても町役人らにしても、その一件については後ろめたさがあったのだろう。おれとて、西条の一件は後ろめたい」

橘は、ふうむ、と長い吐息をついた。

「だが、一件がほぼ落着したあと西条の妻、お照の母親は寝こんでいた。町内の住人やら伊勢屋から、それと吉原の廓からも、西条への見舞金が届けられた。だが、母親とお照はそれをいっさい受けとらなかったそうだ。暮らしていく方便がないにもかかわらずな。お照が寝こんだ母親の看病をしていた。で、ひと月後だった。お照が質屋へ出かけた間に、母親は首を括《くく》って自ら命を絶った」

「なんと……」

九十郎はやっと言い、息づまる思いを少し吐き出した。

「お照はその秋、冬がくる前に天涯孤独になった。母親がなくなってしばらくしてから、お照は三ノ輪町を出た。行方が知れなくなった。あの一件はつらい。思い出したくなかった。あのお照が、山同心の三屋半次郎の女房に納まっていたとは、意外だった。なんたることだ。お照は両親のみならず、亭主までも失ったのか」

「お照には、この仕事を頼まれたときの一度しか会っていない。器量のいい女だったが翳《かげ》を感じた。お照は、苦しみや悲しみを胸の中へ仕まいこむことに慣れているふうだった。そういう境遇を、へていたからなのかもな」

「九十九、お照は亭主が追剝ぎに遭って斬られたという見たてに、疑念を抱いているのだったな」

「だから頼まれた。奉行所が調べなおしの訴えをとり合わなかった。仕方なくわたしのところへきたのだ。しかし、調べなおしてみたものの、今のところ、奉行所の見たてに間違いはなさそうだ。特段に、疑わしい事情はなかった」

「奉行所は新しい証拠が見つからぬ限り、一度定めた探索の狙いを変えない。狙いを一々変えていたら、かえって仕損なう。元御小人目付のおぬしには釈迦《しゃか》に経だが。ともかく、お照の望むように諦めずにやってやれ。掛の長田には、九十九にできるだけ助力するよう言っておく」

「頼む。まだ、見落としがあるかもしれぬ。かかわりはなさそうなのだが、三屋が調べていた修行僧の一件に少し気がかりな点がある。そちらの方からもう一度、つめなおしてみる」

「ああ、あの一件か。確か、俊慧だったな……」

九十郎と橘は呉服橋の袂《たもと》で立ち止まった。

曲輪の白壁の上に松が繁《しげ》っている。

「俊慧は江戸追放になったぞ。寺社奉行さまのお裁断がくだされ、一昨日、牢屋敷から解かれた。俊慧はもう、江戸にはいないはずだ。こののち京の叡山に入り修行に専念するとか、聞いた」

「江戸追放で叡山へ？　修行に専念するだと？　馬鹿な。僧侶が女犯の罪を犯し、あまつさえ密会相手の女を殺めて江戸追放で済むのか。吟味物調役は、死罪は免れぬと言っていたのに、どういうわけだ」

橘が眉をひそめた。

「おれもそう思うが、支配違いゆえに詳しい事情はわからぬ。ただ、寛永寺の元山主さまから寺社奉行さまに寛大なお裁断の働きかけが、内々にあったとは聞いている」

「罪を犯した修行僧に、元山主さまがわざわざか。俊慧は生まれが貴種なのか」

「生まれまでは聞いていない。ただ、俊慧は寛永寺子院の大慶院の院家に就いている真海という高僧の愛弟子だったそうだ。真海が愛弟子を憐れに思われ、元山主さまに願い出て、元山主さまが内々に寺社奉行へ、という筋らしい」

「殺された三重は、憐れではないのか」

「殺めた女の供養《くよう》に生涯を捧げよ、とのご判断ではないのか」

「都合のいい判断だな」

「おれにあたるな」

橘が眉をひそめたまま、苦笑した。

三

九十郎には不可解だった。

何が、と考えても定かではなかった。なんとはなしに解せない。

寛永寺子院の院家から寛永寺元山主、元山主から寺社奉行へ、一修行僧の俊慧を憐れんで助命嘆願は大袈裟《おおげさ》である。

それほど大事な、愛弟子か。憐れみはわかるとしても、俊慧の犯した罪は大きい。

身を悔いて裁きを受けよ、と諭《さと》すのが仏の道だろう……

御仏のお心のお裁きのままに。ただそれあるのみでございます。

と、牢屋敷で俊慧が言っていた「御仏のお心のお裁きのままに」がこれでは、殺された三重という女は殺され損だ、と九十郎には思えた。

神田小柳町の裏店に戻ると、お七に調べ物がある、と言って二階へすぐに上がって文机についた。

もう一度、三屋の日記を読みかえし、三屋がなぜ俊慧の一件を不審に思ったのか、俊慧にかかわる記述を見逃してはいないか、見直すことにした。

九十郎は老視の眼鏡を架けた。

日記の表をめくり、すぐ、一日目に唯一出てくるお照と初めて迎えた正月元旦の一文を読んだ。

お照は、亭主の遺《のこ》した日記に女房の自分がほとんど出てこない記述を、寂しく感じただろうか、どうでもよかっただろうか、と九十郎は考えた。

お照は、およそ十年前の十六の秋に両親を亡くしてから、寛政二年に三屋半次郎と夫婦になるまで、どこに住み、どのような生業で暮らしをたてていたのだろうか。

九十郎は、お照が憐れに思えてならなかった。

「……坊っちゃん、いらっしゃい」

外の路地でお七の声がした。お七が路地を掃く音が聞こえていた。

「お七、先生は戻っておられるか」

龍之介の明るい声が言った。

「はい。お仕事で二階にいらっしゃいます。坊っちゃん、旦那さまのお仕事のお邪魔をしてはなりませんよ」

「しないよ。ご挨拶だけしてくる」

龍之介が表戸から入り、廊下を伝って階段を、とんとん、と鳴らした。

「先生、お邪魔します。お顔を拝見にきました」

龍之介は九十郎の後ろに端座して言った。九十郎はふり向いて笑みを投げ、

「ふむ。きたか。ゆっくりしていけ。仕事があるのだ。あとでな……」

と、文机の日記に戻った。

龍之介はお七がきてからお玉が池の道場帰りに、初中終《しょっちゅう》、寄るようになった。九十郎の顔を見にきたとそれを口実にし、お七に会いにくるのだ。もう慣れた。

はい――と、龍之介はまたすぐに階段を、とんとん、と鳴らし、表に出て、掃き掃除をしているお七に話しかけた。

「お七、あのさ、今日さ……」「あら、そうなんですか」「それから……がきてさ」

うふふ……ははは……

お七と龍之介の、話し声や笑い声が路地に心地よく響いた。子供はいい。お七と龍之介の澄んだ声を聞いていると、沈んだ気持ちが晴れていく。

そこへ雪駄《せった》の音が、だらだら、と鳴った。

「お七、旦那は戻っているかい。おや、坊っちゃんもお見えで」

「やあ。ご亭主、お変わりなく」

「藤五郎さん、いらっしゃいませ。旦那さまは二階でお仕事中です」

「そうかい。こっちも仕事で先生に用ができた。上がらせてもらうぜ。いいんだ、いいんだ。わかっているからよ」

藤五郎が店に入ってきて階段を上がってくるより先に、龍之介が階下から、「先生、藤五郎さんが、お見えでえす」と、甲高い声をかけた。

「おお、上がってもらえ」

九十郎は階下へ答えた。

藤五郎は着流しの格好で、もうひとり、子持ち縞の着物を尻端折《しりはしょ》りに股引《ももひき》姿の男を連れていた。確か、久吉《ひさきち》という羅宇屋の行商をしている男だった。

「先生、今朝ほどはどうも」

藤五郎が着流しの裾《すそ》を払って着座し、久吉が藤五郎の後ろに畏まった。

九十郎は眼鏡をはずし、文机を背に端座した。

「奉行所の方は、いかがでやしたか」

「ふむ。お照の素性はある程度わかった。愉快な話ではなかった。お照は重たい過去を背負った女だった。今、三屋の日記を読みなおしているところだ。奉行所の話を聞きにきたのか」

膝に手をおいて藤五郎へ笑みを投げた。

「そうじゃねえんで。この男は羅宇屋の行商で、久吉と言いやす」

久吉が頭を低くした。

「前に会ったことがあるな」

九十郎が言うと、久吉が照れ笑いを浮かべた。

藤五郎は噂話好きである。

湯屋にくる客の世間話や噂話、評判に聞き耳をたて、稀《まれ》にだが、そういう噂話や世間話が仕事に役だつことがある。

仕事とはむろん、お兼新道で湯屋を営む傍ら、九十郎と組んで受けている仕舞屋、すなわち表沙汰にしたくないもめ事やごたごたの、もみ消し屋である。

江戸市中をくまなく廻る行商らからは、面白い話が聞けたときは金を払う場合もあった。

それが行商らの間に知れ渡って、面白い噂話や評判を仕入れたときは、行商の方からの藤五郎へ持ってきた。

行商やぼてふりなどの仕入れてくる噂話や評判は、案外馬鹿にならない。番町の旗本・室生家がごたごたを抱える本銀町の杵屋の噂話や評判も、藤五郎がそういう行商らから集めたもので、じつは今も探らせている。

藤五郎の方から手間代を渡し、誰それの行方を、と気の利いた行商に頼む場合もあった。お照の行方捜しがそうだ。

久吉はお照の行方を探っていた者とは別だが、藤五郎に面白い噂話や評判を売りにくる行商のひとりだった。

「お照の行方とはかかわりはねえんでやすがね、こいつが今日、たまたま下谷界隈を流しておりやしたところ、意外な話を聞きつけてきやした。こいつあ早速、旦那にお知らせしなきゃあと思いやしたもんで」

そこへお七が三人分の茶碗を盆に載せて、階段をのぼってきた。三人の前に「どうぞ」と茶碗をおいたお七に、

「おう、お七、済まねえな」

と、藤五郎が笑いかけ、お七もすっかり慣れたようで微笑んだ。

「旦那、なんだかお七は綺麗になってきやしたね。ふうん、気がつかなかったな」

藤五郎はお七が階段の下に消えると、ずる、と茶をすすって小首をかしげた。

「そうか？」

九十郎はかえした。

「なりやしたよ。なんかあったのかね、餓鬼のくせに」

「お七のことはよい。久吉、どういう意外な話だ。聞かせてくれ」

九十郎はそちらが気になった。

「おっと、そうだった。旦那、驚いちゃあいけやせんぜ。久吉、さっきの話をもう一度、旦那にお聞かせしろ」

へえ――と、久吉はまた頭を垂れた。

「下谷の車坂町に、萩野忠五郎という浪人さんがお住まいの裏店がございやす。黒板塀に囲われ、門まであるけっこうな裏店でやす」

久吉は話し始めた。

「一昨日の夜、その萩野さんのけっこうな裏店に押しこみ強盗が入り、萩野さんご夫婦が、無残にも殺されやしたそうで。通いの下女が、朝、通ってきたら家中が荒らされ、夫婦の寝間は血みどろだったと……」

九十郎は平静を装い、茶碗をとって口に含んだ。

「旦那、萩野忠五郎は俊慧の相手の、お三重という娘の父親でしょう。奉行所では萩野の一件は出やせんでしたか」

「出なかった。俊慧の一件は寺社奉行の役人がとり調べにあたった。支配違いの町奉行所では萩野忠五郎と俊慧はつながっておらぬのかもしれぬ」

橘が気づいていたら必ず疑いを持ったはずだし、九十郎にそれを伝えただろう。

「押しこみ強盗に、間違いないのか」

「あっしが話を聞いた近所の住人は、裏店に検視にきたお役人方が、押しこみ強盗の仕業に間違いねえ、と話しているのを聞いたと、言っておりやしたし、現場周辺の訊きこみも、怪しいやつを見かけなかったか、というものでやした。近所では、萩野さんの家はだいぶ溜《た》めこんで羽ぶりがよかったから、それを狙われ押しこまれたんだろうと、噂になっておりやした」

「萩野忠五郎の裏店は、先だって一度訪ねて、確かに裕福な暮らしに見えた。浪人の身で下女も雇っていた。萩野は何を生業にしている」

「ええ、じつはそれなんでやすがね」

と、久吉は肩をすくませた。

「萩野さんは、これと言って決まった生業があるわけじゃねえんで。今は裕福になって遊んで暮らしていらっしゃいやすが、以前は提灯張りや虫籠《むしかご》作りとかの浪人さんの内職仕事と、おかみさんはお店の下女働きで、どうにかこうにか食っていけるばかりの貧乏暮らしでやした。住まいは同じ車坂町でも、車坂門の東の正宝寺門前隣にある車坂町の方で、傾きかけたぼろ長屋に住んでおりやした」

車坂町は下谷に幾つか分かれていて、そちらの車坂町の隣、正宝寺裏に三屋半次郎の組屋敷がある。

「それが、二年ぐらい前から萩野さんの暮らしぶりが急に裕福になった。ご亭主は内職はよすし、おかみさんも下女働きを辞めた。で、一年近く前の去年の春、屏風坂門の方の車坂町に、けっこうな沽券《こけん》で売りに出ていた今の裏店を買いとって引っ越し、下女を雇い、まあ、傍《はた》も羨《うらや》む裕福な暮らしになっていったってえわけでさあ」

「急に裕福に、それを狙って押しこみが入るほどに裕福だったのか」

「へえ。ご近所が目を瞠《みは》るほどに、と聞きやした」

「萩野には三重という娘がいた。お三重のことは近所ではどのように噂をしていた」

「こっそり言い触らされていることでござぃやすから、真偽のほどは知れやせん。ただ、金《きん》の卵を産む孝行娘だった、という噂が聞けやした」

九十郎はまた、ゆっくりと茶を含み、

「金の卵を産む？」

と、繰りかえした。

「へえ。三重は幼いころから近所では評判の綺麗な童女でごぜいやした。父親の方は小柄で見栄えのしねえ男だが、女房の方がなかなかの器量よしだった。長い貧乏暮らしで母親の容色は衰えたものの、娘は母親の器量よしの血をそっくり受け継いで、界隈では知らぬ者がいないほどの別嬪《べっぴん》に育ったんでごぜいやす」

「とびが鷹《たか》を生んだ、ってえわけだな」

藤五郎が嘴《くちばし》を入れ、へえと頷いた久吉に、九十郎はかまわず訊いた。

「二年ほど前、お三重は幾つだった」

「十七、と聞きやした。評判の別嬪なんで、嫁入り話が舞いこみ始めていたそうで。ですが、萩野さん夫婦はどうかして娘をお金持ちに嫁がせたいと願っていたため、舞いこみ始めた嫁入り話を簡単には承服しなかった。そんな矢先でごぜいやした。十七のお三重に突然、奉公先がきまりやした。奉公っていうか、これも近所では驚きだったそうでやすが、お三重は出家し、比丘尼《びくに》になったんでごぜいやす」

藤五郎と目を合わせると、藤五郎が心得顔を頷かせた。

「どこのお寺さんか、近所では知られておりやせんし、萩野さんたちもいっさい話さなかった。ただ、出家してからのお三重は、どこぞの高僧の弟子入りを許されたとかで、二月か三月おきにまだぼろ長屋だった裏店に、網代の引戸の立派なお駕籠で里帰りし、近所の住人を驚かせた、ということでござぃやす」

「お三重は、剃髪《ていはつ》していたのか」

「だそうで。出家をして三月目の里帰りでは、出家の身とは思えぬきらびやかな小袖に長く垂らした黒髪が艶《つや》やかでやしたが、次の里帰りのときはもう髪を下ろしたらしく、白頭巾をかぶり、紫の袈裟をまとって、それはそれは妖《あや》しいほどの色香だった。でやすから、変に勘繰る住人もいて、お三重は高僧の弟子入りではなく、お坊さんのお妾《めかけ》奉公を始めたから頭を丸めたんじゃねえかと、とり沙汰されやした」

　ならば――と、九十郎は考えた。

　そんなお三重の噂や評判は、隣の組屋敷に住む三屋半次郎に聞こえていた。

　三年前、夫婦になったお照も知っていたと考えられる。

「お三重は、二月半ほど前の去年の冬、亡くなっている。その件では、近所の住人はどのような噂をしている」

「災難にあったが、住人に経緯は知られておりやせん。と申しやすのも、萩野夫婦はお三重の弔《とむら》いを出していねえんでござぃやす。どういうわけか、夫婦だけでこっそりと弔いを済ませたらしく、雇われていた下女の話では、仏間にお三重の位牌《いはい》が安置されていたということでごぜいやした。近所の住人がそれを聞きつけ、お焼香にと顔を出しても、そのような気遣いは無用に願いてえ、と萩野さんが断ったそうで」

「弔いを出さない理由を、近所ではどう言っていた」

「冗談じゃねえ。こっちは親切で焼香にいったのに、金の卵を産んでいた娘のお陰で裕福になったから、貧乏人の近所づき合いはしたくねえってえのかとか、ああまでするにはお三重の災難はなんぞわけありに違いねえとか、言われておりやした」

「確かにそれでは、義理の悪い話だな」

「まったくで。でやすから、一昨日の押しこみは、どんな稼ぎか知らねえが、娘の稼ぎをあてにしていい気になって、孝行娘の弔いすら出さずに近所の義理を欠いた罰あたりなふる舞いのせいだと、みな同情半分、しょうがねえよが半分、といったところでやした」

久吉が茶碗を持ち上げ、茶をすすった。腕組みをした藤五郎が、

「旦那、ちょいと妙な話じゃありやせんか。こんな妙な出来事が、偶然に重なるなんてさ……」

と、訊いた。

「三屋半次郎が池の端通りで追剝ぎに遭い、斬られた。亭主の災難に疑念を抱き、あ

っしらに調べなおしてくれと頼んだ三屋の女房が忽然《こつぜん》と行方をくらました。一方、三屋は去年の冬の俊慧の一件に不審を持っていた。俊慧はお三重と密会を続けた挙句、痴情のもつれとかでお三重の命を奪った。お三重の両親の萩野夫婦は、金の卵を産み裕福な暮らしをもたらした孝行娘の弔いすら、出さなかった」

　久吉は茶碗を持ったまま、藤五郎と九十郎を交互に見守っている。

「で、次に萩野夫婦が押しこみ強盗の災難に遭って命を奪われた。裕福な暮らしを狙われたってわけだ。けど、裕福な暮らしをしているのは萩野夫婦に限らねえ。なぜ賊は、萩野夫婦を狙ったんでやしょうね。どれもこれもが、細い糸でつながっていやす。なんか、ほどけた褌《ふんどし》を引きずっているみてえに、すっきりしねえ」

「奉行所で聞いた。俊慧の裁断が江戸追放とくだされ、俊慧は京の叡山へこもるため上方へたったそうだ」

「おっと。そいつも妙だ。俊慧は死罪になるんじゃなかったんでやすか。よくても八丈《はちじょう》遠島とか」

「寛永寺の元山主から寺社奉行に、裏から働きかけがあったらしい。若い一修行僧の助命嘆願の働きかけがな」

　さすがに、藤五郎がうなった。

をやって稼いでいたのだ」

「久吉の話でわかった。お三重は出家したのでも、ただの妾奉公でもない。一体、何をやって稼いでいたのだ」

「じゃあ、岡場所に身を売ったとか」

「それも違う。岡場所に身を売った女郎が、網代の引戸の駕籠になど乗りはせぬ」

日暮れの根岸の里をゆく網代の引戸のお駕籠につき従っている僧侶の姿。もしかしたら、そのお駕籠に乗っていたのはお三重なのか。それとも別の誰か。水鶏橋の茶屋《忠一》の主人が偽りを言ったとしたら、なぜだ……

九十郎は、いくしかあるまい、と思った。

「藤五郎、わたしはこれから出かける」

九十郎は立ち上がり、二刀を帯びた。

「ええ？　日がだいぶ西に傾いておりやすが、これからどちらへ」

「お三重のことを、知りたい。探ってみる」

「あっしは何を？」

「引き続き、お照の行方をさがしてくれ。今夜、湯屋に寄る」

「承知しやした。お待ちしておりやす」

「久吉、面白い話を仕入れたらまたもってきてくれ。藤五郎が買ってくれるぞ」

「へえ。ありがとうごぜいやす」

九十郎は菅笠を手にして階段を下りた。

台所でお七が晩ご飯の支度にかかり、龍之介が流し場で大根洗いを手伝っていた。

「お七、出かける。龍之介、晩ご飯は戻ってからいただくが、間違いなく遅くなる。先に休んでいなさい。龍之介、ではな」

お七と龍之介が「はいっ」と俊敏に身を翻《ひるがえ》し、九十郎を見送りに表の間の上がり端に手をついた。

「旦那さま、いってらっしゃいませ」

「先生、いってらっしゃいませ」

ふむ、と九十郎は二人にかえし、菅笠をかぶりながら路地へ出た。

「旦那、お待ちしておりやす」

と、表戸へ出てきた藤五郎と久吉が九十郎の背中に声をかけた。

日がだいぶ長くなった。寛永寺の黒門は暮六ツに閉じられるが、まだその刻限ではなかった。

四

九十郎は三橋を渡り、池の端通りを仁王門前町、未だ参詣客で賑わう弁天島へ入る辻をすぎ、三屋が災難に遭った現場《げんじょう》から上野山内に沿うお花畑の往来を谷中町へ向かった。

夕空は十分に明るいが、寒気が池の端を包んでいた。

谷中町の方へゆく人影がちらほら見え、この刻限は思った以上に人通りがあった。

武家屋敷地のつらなる清水坂を上って谷中の八軒町、中門前町の茶屋町をすぎる谷中通りの先に、谷中門が見えてきた。

通りを茶屋町へ折れていく人影に、明かりが灯る家の軒下に立った客引きの女が艶っぽい声をかけていた。

茶屋町へ折れれば明るいが、山裾のこの通りは薄暗さが増し、茶屋町の方からとき折り聞こえてくる客引きの声のほかは、静けさに包まれていた。

鬱蒼と木々が繁る御山に沿って、土塀が延々と続いている。

九十郎は谷中門の門前に立った。

瓦葺の門屋根の上にすだじいが葉を繁らせ、青みの残る空に赤味が差していた。

閉じられた門扉に並んで小門があり、門わきに番屋がある。格子の窓があって、閉じた障子戸に行灯らしき薄明かりが映っていた。

「お訊ねいたす、門番どの。お訊ねいたす……」

九十郎は格子の間から障子戸を、ほとほと、と叩き、努めて穏やかな声をかけた。

「どなた」

もう一度声をかけたあと、番屋の中から応答があった。

「怪しい者ではございません。九十九九十郎と申します。少々お訊ねいたしたい儀があり、まいった者です。お手間はとらせません。何とぞ」

九十郎は障子戸越しに言った。

「御山にご用なら、広小路に戻り黒門から入られよ。まだ六ツにならぬゆえ、急げば間に合う」

「御山のご用ではありません。門番どのにお訊ねいたしたいのです。さしたることではございません。何とぞ、ここを開けていただけませせぬか」

やがて門番が障子戸をそっと開け、片目で九十郎の様子をのぞき見た。そして、

「何をお訊ねか」

と、怪訝《けげん》そうに質した。

「門番どの、まず以《も》ってこれを……」

九十郎はいきなり手を伸ばし、格子の間から障子戸の敷居に白紙の小さな包みをおいた。

「な、なんだ、いきなり、これは」

「わずかなお礼です。お気になさらずに。じつはわたくし、事情があって人を訪ねております。いえ、決して胡乱《うろん》な事情ではございませんし、高名なお坊さまを身分違いにもお訪ねするのでもございません」

門番は束の間九十郎を見つめ、それから包みを速やかにとった。しばらくして、やおら、障子戸が少し広く開けられた。

「誰を訪ねておる」

門番が、低くしわがれた声で言った。

「はい。畏れ入ります。当御山の子院でありますす大慶院にて、修行なさっておられる俊慧と申される若いお坊さまがおられるはずです。名前は申せませんが、あるお方よ

り俊慧さまを訪ねて、書状を渡してほしいと預かってまいったのでございます。そのお方の申されるには、俊慧さまは大慶院院家の真海さまのお駕籠に従い、この谷中門より夕刻の刻限、しばしばお出かけになる」

ゆえに――と、九十郎は障子戸の中の門番方へ首をかしげた。

「谷中門外にてお待ちいたしておれば、必ず、俊慧さまにお会いできるであろうということでございました。しかるに、ここ数日、谷中門外にてお待ちいたしておりましたが、俊慧さまらしきお方をお見かけいたしません。で、意を決して、門番どのにお声をかけさせていただいた次第です。真海さまのお駕籠は、今宵、こちらの御門をお通りになられるのでしょうか」

「真海さまのお駕籠がいつお通りになるかなど、われらは与《あずか》り知らん」

「俊慧さまがおひとりで、日暮れてから出かけられることはございませぬか」

「そのようなことはない。真海さまのお供で出かけられる以外にあるはずもない」

「修行中のお坊さまですから、当然ですな。するとやはり、辛抱強く待つしかございませんか」

九十郎は肩を落としてみせた。すると門番がそっと訊いた。

「それは、女性《にょしょう》よりの書状か。俊慧さまへの……」

「はあ、何とぞ……」

九十郎は殊《こと》さらに頭を垂れ、曖昧に答えた。

「ご存じないようだが、俊慧さまを待っていても、もうここを通られることはないぞ」

「は？　それは真海さまがお出かけにならないから、お供の役目はないということでございますか」

「俊慧さまは、京の叡山にて修行をなさるため、すでに上方へたたれた。もう当山にはおられぬと聞いている」

「なんと、それは存じませんでした。なぜ叡山にて修行なのですか？　俊慧さまは真海さまの愛弟子にて真海さまの下でご修行中と、うかがっておりましたが」

「詳しい事情は知らん」

門番は話したそうだったが、口を閉ざした。

「では真海さまも、京の叡山にお入りになられたのですか」

「真海さまは大慶院の院家として、これまで通りのお勤めだ」

「そういうことであれば、こちらの門外で真海さまのお駕籠をお待ちいたしても、今は俊慧さまがお供ではないのですな」

「真海さまのお駕籠は近ごろ殆ど通らぬし、通る折りは、今は山同心がお供をしておる。近ごろここら辺は、何かと物騒になってきたのでな」

「そうでしたか。ありがとうございました。お訊ねいたしてよかった。無駄なときをすごしてしまうところでした。急ぎお方さまに、俊慧さまの事情をお知らせせねばなりませんな」

「俊慧さまのお相手は、身分のあるお方か」

「その件はお許しください。ただ、書状は必ず俊慧さまご本人に手渡すようにと、命ぜられておったのです」

「なるほどな。お坊さまも人の子だからな……」

門番が素っ気ない身ぶりで、障子戸を閉じた。

九十郎は谷中門前から谷中通りを、さらに北へとった。

谷中門をすぎた谷中通り西側の新茶屋町あたりまでくると、八軒町や中門前町の茶屋町より町の灯《ひ》は明るく、人通りも多く見受けられた。

三屋半次郎が池の端通りで追剝ぎに遭った夜、酒を呑み女と戯《たわむ》れたという新茶屋町の表町の酒亭にも、軒行灯が灯されているのが見えた。

この前、酒亭を訪ねたとき、表町の小路は昼間で殺風景だったが、夕暮れの刻限の今は、提灯や軒行灯、二階家の窓からこぼれる明かりに繁華に彩られていた。

谷中通りの前方の夕空に、感応寺の塔がそびえている。

感応寺門前まできて、右へ折れた。

感応寺と御山を覆う樹林の間の薄暗い道をたどり、感応寺の裏門と思われる門前をすぎて、左や右へくねりながら段々になった急な芋坂をくだった。

芋坂は三河島稲荷《いなり》へいく道でもある。

坂をくだって山茶花の垣根続きの民戸と小さな寺院の間の道を少しゆくと、石神井用水の畔《ほとり》へ出た。

用水に小橋が渡されていて、橋の向こうに善光寺と思われる山門が見えた。

小橋を渡って、善光寺山門前から御山につらなる段丘に造営された御隠殿の黒い影を右手に、左手には下谷中金杉村新田の田畑を眺めつつ、根岸の方へ堤道をなおもたどった。

金杉村新田は、夕暮れ迫る青みを残した墨色の空の下に坦々《たんたん》と広がり、堤道の前方に、料理茶屋と出合茶屋をかねた《忠一》の明かりが見えていた。

九十郎は、お駕籠が通るのは谷中門だと、見当をつけた。

山内から根岸の里へくだり《忠一》へ通うなら、谷中門が一番都合がいい。

それ以外の門は遠廻りだし、何よりも目だちすぎると思われた。

見当はあたった。谷中門を通ったお駕籠は感応寺門前を折れ、芋坂をくだり、石神井用水のこの堤道をゆき、水鶏橋の袂の料理茶屋《忠一》へ通ったのだ。

しかし、陸尺の担ぐ網代の引戸のお駕籠に乗っていたのは俊慧ではない。

俊慧はただ、いつもお駕籠の中の師のお供をしていただけなのだ。

この道だ、という思いが、九十郎の脳裡でゆるぎない確信になっていた。

「あの、旦那さんは、先だってお客さまにお話しした事情のほかに、新たにお話しいたす事柄は何もございません、お引きとりいただくように、と申しております」

応対に出た《忠一》の女が、表土間の三和土で待っていた九十郎に言った。

九十郎は女が膝をついた店の間の上がり端へ歩み寄り、努めて声を穏やかにした。

「姐《ねえ》さん、わたしは今宵、忠一さんの料理を楽しむためではなく、仕事の用があってきた。どうしてもご主人のお話を、うかがわねばならぬからだ。よって今一度、ご主人にお伝えいただきたい。先だってご主人におうかがいした一件は、ご主人が思っておられるほど穏やかに運びそうにない。というのも……」

そこで九十郎は、声を抑えた。

「一件は表向き落着したかに見えるが、また別の一件が新たに起こり、それらがからんで妙に複雑な様相を呈してきておる。ご主人が御山の事情に配慮されるのは当然とは思う。だが、事態は変わってきておる。この一件は一筋縄ではいかぬ。間違いなく今に大事《おおごと》になる。ゆえに、新たにからんできた一件について、ご主人のお考えを是非うかがいたいと、姐さん、そのように頼む」

女はためらっていたが、「わかりました。ではもう一度、旦那さんにうかがってまいります」と言い残し、退《さが》っていった。

それから四半刻後、寛永寺の時の鐘が暮六ツを根岸の里に報せた。

夜の客が料理茶屋《忠一》の暖簾《のれん》をくぐり始めていた。店の間の方より、客を迎えるお金持ち相手の茶屋らしい、上品な賑わいが伝わってきた。

九十郎と主人の忠一は、店の間のその賑わいを聞きながら、内証の奥の居間で対座していた。

一灯の行灯の細い明かりが、九十郎が話す間、じっとうな垂《だ》れる忠一の相貌を暗い影で隈《くま》どっていた。

「ご主人、この一件はいずれ、それも遠からず、表沙汰になります。四人も人が死んでいるのです。ならないはずがありません」

九十郎は忠一の苦慮を浮かべる相貌へ、なおも続けた。

「初めにお三重が俊慧に殺された。俊慧は牢屋敷に収監され、死罪か、寛大なお裁きであったとしても八丈遠島の裁断を待つ身が、数日前、江戸追放の極めて軽いお裁きがくだされ、京の叡山へ修行と称してこもることになった。軽いお裁きがくだされたのは、俊慧の師の、寛永寺子院の大慶院院家・真海さまが元山主さまに助命嘆願をし、元山主さまが寺社奉行に裏から手を廻したからです」

忠一はこの前訪ねたときに見せた、高級な料理茶屋の主人の品格ある様子は失《う》せ、何かに怯《おび》えている姿がみすぼらしいほどだった。

「俊慧は十歳になる前より真海さまの寺小姓に上がり、真海さまの下で修行に励んできた愛弟子です。愛弟子だから、密会相手のお三重を殺害したお裁断の助命嘆願なのです。では、僧として女犯の罪はどうなるのです。人として人を殺めた罪は誰が償《つぐな》うのです。これでは殺されたお三重は、浮かばれませんな。真海さまのような尊きお坊さまが、なぜそのような助命嘆願をなさるのでしょうか」

忠一は弱々しい吐息を九十郎の言葉にかえした。

「尊きお坊さまなら、ちゃんと罪を償いなさい、と諭《さと》すべきではありませんか。お坊さまも人の子だから、愛弟子だから、ですか。それではなぜお坊さまになられた。なぜ、尊きお坊さまが法を歪めるようなふる舞いをなさる？　何かおかしい。ほかに何かわけがあるからではないのか。そんな不審を抱いた御山の同心の三屋半次郎が、追剝ぎに襲われ命を落としました。たまたま災難にあったのです。たまたま……」

「お、お気の毒です……」

消え入るような声でやっとひと言、忠一は言った。

「まったく、お気の毒な話です。なぜたまたま、そんな災難に見舞われたのでしょうかな。ところが、三屋半次郎の女房のお照が、亭主がたまたま遭った災難に疑いを持った。本当にそうなのかと。どうして三屋が俊慧のお三重殺しに不審を抱き、どうしてお照が亭主が遭った災難に疑いを持ったのか、おわかりですか」

忠一は首を横に、力なくふった。

「半次郎とお照夫婦が所帯を持っていた組屋敷の隣の、車坂町に萩野忠五郎夫婦と娘のお三重が暮らす裏店があったからです。つまり、三屋夫婦とお三重は近所同士なのです。顔見知りだったのです。お三重が美しい娘だった町内の評判や、お三重が二年前から始めた奇妙な奉公の噂も、聞いていたはずです。お三重がどこでどのような奉公を始めたか、ご主人、ご存じですか」

と、また訊いたが、忠一はただうな垂れたのみだった。

「お三重はその奉公先で、剃髪し、紫の袈裟をまとい、網代の引戸の御忍駕籠に乗って車坂町の裏店に里帰りをしたそうです。近所の住人はさぞかし驚き、評判になったでしょうな。しかも、お三重がその奉公を始めてから、貧しい萩野夫婦の暮らしが急に裕福になり、けっこうな沽券の住まいに引き移る羽ぶりのよさだ。近所ではお三重は、金の卵を産む孝行娘、と評判でした」

忠一は、知らない知らない、とでも言うふうにうな垂れた相貌を震わせた。

「俊慧なら、お三重がどこでどのような奉公をしていたか、知っていたかもしれません。当然、お三重の両親、萩野夫婦は知っていた。知っていたが、誰にも語らなかった。その萩野夫婦が、これもたまたま一昨日の夜、押しこみに入られて無残に殺害された。萩野夫婦が孝行娘のお陰で、裕福な暮らしをしていたから？　裕福な暮らしなら、忠一さんだって裕福でしょう。しかし押しこみに遭ったのは萩野夫婦だった」

九十郎は顔を伏せた忠一へ、やや上体をかたむけ言った。

「これは、賊が萩野さんの住まいに押しこみ萩野さん夫婦の殺害を目《もく》ろんだと、思われませんか。押しこみ強盗を装って、です」

忠一は咄嗟《とっさ》に顔をもたげ、九十郎を見つめた。暗い影に隈どられた相貌が、血の気を失って青ざめていた。

「四人が死んだ。みな、かかわりがない。みな、たまたま遭った災難に見える。ですが、ご主人、四人はみなつながりがあるのです。つながりがある四人に、たまたまこのような災難がふりかかるのは、妙だとは思われませんか。そのような偶然を、疑わしいと思いませんか」

九十郎は端座した膝に両手をおき、居間の薄暗い天井へ目を流した。

二階の客座敷からか、男女の楽しげな笑い声が聞こえてきた。

九十郎は近ごろ江戸のお金持ちや風流人に少し評判になり始めた根岸の風景を、天井の薄暗がりの向こうに思い描いた。石神井用水の澄んだ細流がゆるやかにくねり、金杉村の田畑がはるばると開け、御山の丘陵には木々が生い茂っている。

大慶院から忠一さんへ通うには、谷中門を通るのが一番都合がいい――と、九十郎は忠一へ目を戻して言った。

「網代の引戸の御忍駕籠が、夕暮れの谷中門からこっそりとどこかへ出かけた。それもしばしば、俊慧の一件が起こる以前のことです。お駕籠は忠一さんにきていたのでしょう。なぜなら、お駕籠のお供に若い俊慧が必ずついていたからです。俊慧はどなたかのお供でこの忠一へきて、その折り、お供役の隙にお三重と密会を重ねておったのですかな。それとも密会はまた別の機会なのですかな」

忠一はまた顔を伏せた。

「な、何を、し、証拠に、そのような……」

そう言った声が、か細く震えた。

「証拠など、何ひとつありません。ですが、誰もが口を噤《つぐ》む秘密がありそうですな。口を噤まない者は、たまたま災難に遭っていなくなっておりますから。ただし、その秘密は、張りつめた紙風船のように、ひとつ小さな穴が開いただけで、たちまち気が抜けて、萎《しぼ》んでしまいそうだ」

うな垂れた忠一に、九十郎は穏やかに答えた。

「ご主人、老いぼれのたわ言を聞いていただきたい。今のうち、今のうちではありませんか。この秘密は持たぬ。今に誰かが紙風船に穴を開けますぞ。開けなければわたしが開けます。三屋半次郎の女房お照にそれを頼まれ、わたしは引き受けた。お照は可哀想な女です。受けた仕事はやり遂げます。これがわたしの生業ゆえ」

九十郎は短い間をおいて、言った。

「御忍駕籠に乗っておられた方が、お三重と密会を重ねておったのですな。俊慧ではなく、その尊いお方が……」

五

忠一は、こくん、と首を折った。そして、

「へへえ。畏れながら……」

と、つらそうな声を吐き出した。

二階の座敷から、また男と女の楽しげな笑い声が聞こえてきた。

「大慶院の院家にお就きの、真海さまでございます。もう何年にもなります。月に三度か四度、わが忠一をお使いいただき、もっと多い月もございました。その都度、必ず俊慧さんがお駕籠のお供につき従い、真海さまがお楽しみの間、別室にて静かに畏まってお待ちなのでございます。およそ一刻半か二刻ほどして、真海さまがお戻りになるお駕籠に従い、戻ってゆかれるのでございました」

忠一はその情景をふりかえるごとくに、言った。

「お三重も御忍駕籠できたのですな」

「さようです。陸尺が四《よっ》たり、それに感応寺のお坊さまがついておられました」

「谷中の感応寺、ですか？」

「芋坂の上にあります感応寺の裏門を入ってすぐ内塀に囲われた一画があり、その小門をくぐりますとけっこうな殿舎がございます。感応寺の別院として建てられたらしき殿舎で、そちらに、そう五年ほど前からでございましょうか、妖《あや》しいまでに艶《なま》めかしく美しい法尼さま方が、幾たりか、ご修行をなさっておられます」

「同じ感応寺の境内に、法尼、比丘尼が修行をしておると。それは面妖《めんよう》な」

「感応寺のお弟子と申され、紫などの袈裟をまとうことも住持さまより許された法尼さま方とうかがっております。麗しき法尼さま方は、感応寺の殿舎に暮らし、艶《あで》やかに化粧を施し、江戸市中のお武家屋敷やお金持ちよりお声がかかりますと、網代の引戸のお駕籠にお供を従え、経を読みお相手をするお勤めに向かわれるのでございます」

「お三重も、その法尼のひとりだったのですな」

「はい。お三重は真海さまが殊のほかお気に入られ、以前はほかの法尼さまがお相手でございましたが、お三重がきてからはお三重ばかりに真海さまのお声がかかったようでございます」

「誰が、どのようにして、それを仕きっておるのですか」

「詳しくは存じませんが、お三重から一度、わたくしの家内が事情をそれとなく聞いた経緯《いきさつ》がございます。感応寺はお三重の両親の檀那《だんな》寺で、執当《しっとう》の哉了《さいりょう》というお坊さまが貧しい浪人の親を憐れみ、折りおり見舞ってくれていたそうでございます。お三重が十七のとき、奉公に出る気があるなら世話をしよう、と哉了さまが仰られました。親に連れられ感応寺へゆくと、哉了さまのほかにもお坊さまやお侍さま方がいて……」

「侍も、仲間にいるのですか」

「はい。お仲間にはお侍さまもいらっしゃいます」

「どういう侍です。名は？」

「御山の同心頭の熊代さん、でございます。ほかにもいらっしゃるのかもしれませんが、ほかの方は存じません」

九十郎は思わず唇を強く結んだ。

寛永寺の六角堂のそばで言葉を交わした熊代の浅黒い顔と、分厚い体軀が甦った。

配下の三屋が俊慧の一件に不審を抱いたのを、最も身近に気づいていた男だ。

「ほかには若い年ごろのうっとりするほど綺麗な、紫や緑や橙色の袈裟をまとわれた法尼さま方がいて、お三重を親しく迎えてくれ、お三重は新しく美しい着物を与えられ、美味しい食べ物を沢山いただいたと、言っておりました。それから、ほかのお坊さま方がいろいろと戯れかかり、不本意ながら、これで貧しい親が救われる大恩を思い、言われるままになったそうでございます」

「ほかの法尼も、お三重と似た境遇で連れてこられたのでしょうな」

「おそらく、さようかと、思われます」

「すぐに、屋敷に呼ばれて相手をしたのですか」

「ひと月ほど、美味しい物を食べたり、ほかの法尼さまと戯れたり、それから経文なども習い、最初のときは、姉さまの法尼のお供役でした。やがてだんだん慣れて、三月がたってから、髪を下ろして、お三重には紫の袈裟と感応寺のお弟子と名乗ることを許されたのです。そののちはひとりで、いろいろとお屋敷などへお勤めに呼ばれるようになったと」

「そのようなことをして、寺社奉行さまのお耳に入らなかったのか。忠一さんの使用人らは、真海さまとお三重の出入りに気づいておるのではありませんか」

「わたしどもの使用人らには、いっさい口に出してはならぬ、と厳しく申しつけております。御山に障りになるようなことを軽々しく口にしたら恐ろしい法難に遭うぞと。まあ、少々の褒美《ほうび》も要りますが。ともかく、真海さまご一行は、人数も多く、大事なお客さまでございますので。のみならず……」

　と、気持ちが落ち着いてきたらしく、忠一の口調が幾ぶんなめらかになった。

「延享（一七四四～一七四七）のころに門前は町方支配になりましたものの、境内は寺社奉行さまの支配でございます。寺社奉行さまでは、なかなかわかりにくいのでございましょう。また、門前の岡場所は珍しい話ではありませんし、それが境内であっても、ほんのひと握りの好者《すきしゃ》を相手にひっそりと行われておるのであれば、目くじらをたてるほどでもないのでは、というのが世間の受けとめ方ではございませんでしょうか」

「つまり真海さまは、熊代がとり持ったお三重の客だったということですな」

「熊代さまは、御山の身分の高いお坊さまをお客にしたいと、お考えだったのでございませんでしょうかね。どういう形であれ御山とつながりができれば、都合のよろしいことがいろいろありそうでございますし」

都合のいいはずが、それが思わぬ事態を招いたことになる。

「ご主人、去年の、俊慧の一件の顚末《てんまつ》を話してください」

忠一は深く頷いた。

「去年の十一月、木枯しの吹きすさぶ夜でございました。あの夜、真海さまとお三重が二階の座敷に上がって、珍しく一刻もたたぬうちに、真海さまとお三重のお駕籠が戻っていったのでございます。と申しますのも、真海さまと感応寺のご一行には、わたしどもは使用人にも言い含め、お指図がない限り、お出迎え、お見送りは控えておるのでございます。お駕籠の出入りも、裏口をお使いいただいております」

「なるほど。そうすると誰とも顔を合わせずに済む。それは熊代の指図なので」

「熊代さまは、真海さまにとても気をお使いでございました。ところが、その夜に限って、俊慧さんがひとり、真海さまとお三重の戯れたお部屋に残られ、まだ少々障りがあるゆえ部屋には誰もこぬように、ということでございました。不審に思っておりましたところ、四半刻ほどして熊代さまがおひとりでお見えになり、部屋へ上がられたのでございます。そうして俊慧さんとしばらくひそひそと……」

　と、そこでひと息つき、短い間を持たせた。

「やがて、熊代さまより部屋に呼ばれました。わたしひとりがでございます。部屋にまいりますと、なんと、お三重が布団にくるまれ静かに休んでいるではありませんか。そして、枕元には俊慧さんがうな垂れて大人しく坐っていらっしゃるのです。お三重は穏やかに眠っているようでした。少しの乱れも、苦しんだ様子もなく……」

「お三重は扼殺《やくさつ》されたのですか」

「あとで、そうだと、うかがいました」

「驚かれたでしょうな」

「熊代さんに言われたときは、腰を抜かしかけました。ですが、熊代さんはわたしの肩を抱え、耳元でささやかれました。俊慧が間違ってお三重を殺した。急ぎ、寺社奉行さまへお知らせしろ、間違えるな、町方ではないぞ、とでございます」

「このあたりは代官所支配ではありませんか」

「曖昧なところがございまして、わたしどもは何かありますと、町方へお知らせいたすことにしておりました」

「事は町奉行所の支配下で起こったが、お坊さんは寺社奉行の支配下にあります。どちらとも言えません。熊代は寺社奉行に知らせた方が都合はいいと、考えたわけだ。それから？」

「熊代さまがさらに仰いました。お三重との密会相手は俊慧だったことにしろ、真海さまのお名前はいっさい出すな、忠一に迷惑はかけないし、決して損もさせない。御山がついている。逆に真海さまのお立場に障りになる事情を喋ったら、御山全部を敵に廻す事態になる。事実をばらしても、お互い、得にはならぬだろう、と釘を刺されたのでございます」

「当然、感応寺の別院で暮らしている法尼たちの事情も……」

「そうなります。わたしどもに否やはございません。熊代さまのお指図通りに寺社奉行さまへお届けいたしました。検視のお役人さま方が見えられたのは、一刻半後の真夜中でございました。使用人はみな休ませ、熊代さまとわたくしと家内の三人で、俊慧さんのおとり調べに立ち合ったのでございます」

「熊代は山同心の頭《かしら》の立場で現場に呼ばれた、ということですな」

その場しのぎの粗漏なつくろい方だ。

熊代はそれで事態を隠ぺいできると、思っていたのか。九十郎は呆《あき》れた。三屋が不審を覚えたのは当然である。

「三屋半次郎さんが、こちらへ俊慧の一件を訊きにきたのはいつごろですか」

「十一月の末だったと思います。俊慧さんはすでに牢屋敷へ入牢しておりました」

「どんなことを、訊かれたのですか」

「ですから、お三重が殺された当夜のいきさつや、俊慧との密会の事情などです」

「どのように話されたのですか」

「先だって、九十九さまにお話しいたしたほど合いにでございます。詳しい事情は熊代さまがご存じですので熊代さまにお訊ねくださいい、と。御山の面目にかかわりがあるゆえ、誰にも口外してくれるなと熊代さまにご指示をいただいております、と申しましたら、三屋さまは顔を赤らめて、しょ気《げ》ておられました」

「熊代に、三屋半次郎の訊きこみを伝えたのでしょうな」

「お伝えいたしました」

「熊代は、なんと」

「三屋ごとき、気にすることはない、と笑っておられました。任せろと」

「任せた挙句が、三屋半次郎はこの七日、池の端通りで遺体になって見つけられた。町方の調べでは、流しの追剝ぎの仕業、という見たてらしいですが……」

九十郎が言うと、忠一は強く目を閉じ、すくめた肩の間に首を埋《うず》めた。

「三屋さまが遭われた災難については、わたしどもはまったく承知いたしておりませんでした。これは本当です。どうか信じてください。む、むろん、お三重の両親の住まいに押しこみが入り、両親共々命を奪われるなど、そんなとんでもない、思いもよらないことでございます」

忠一が、戸惑いと哀願のない交ぜになった声を絞り出した。

二階の客の声は聞こえなくなり、根岸の里の夜は、ただ静かに更けていった。

六

網代の引戸に長棒を、前後四人の木綿の法被《はっぴ》の陸尺が担ぎ、寺侍風体や同じく法被姿の挟《はさ》み箱を担いだ小者《こもの》、さらに墨染めの尼僧風体のお供を引き従えたお駕籠が、感応寺の裏門をぞろぞろと出た。

翌日の昼下がりである。青白く霞《かす》んだ空から薄日が降り、御山の木々の間で小鳥がさえずっていた。朝夕の寒さはまだ厳しいものの、日差しのある昼間の生暖かさが、春の気配を色濃く染めていた。

お駕籠は感応寺の山門前より南へ、谷中門のある谷中通りをゆき、清水門のある清水坂をくだって、お花畑の往来、池の端通り、参詣客で賑わう弁天島をすぎ、夥《おびただ》しい見物人のあふれる下谷広小路、さらに下谷御成街道をとっていった。

「旦那、こいつあ駿河台《するがだい》あたりのお武家屋敷か、はたまた日本橋の大店へお勤めか、そこら辺でやすかね」

藤五郎が軽口のように言った。

「おそらく、武家屋敷だろう。商人は仕事中だ。こんな昼日中にはあるまい」

九十郎は半町ほど先をゆくお駕籠の列を眺め、隣の藤五郎に答えた。

「商人だってわかりやせんぜ。お金持ちの暇を持て余した隠居が、真昼間から、脂粉《しふん》の香りがありがたいお勤めをお願いいたすってえのも、ありなんじゃねえんですか」

「町家に出入りするにしては供が多い。ああいう格式張った供ぞろえをしているのは表向きは格式張った屋敷へゆくからだ」

「確かに、御忍駕籠にしちゃあ大そうな供ぞろえだ。みな、手下でやすかね。けっこうな年配の者もいるみたいですぜ」

「行列の体裁に雇われたのだ。寺侍も尼僧も小者も、笠や頭巾をとれば、谷中町あたりの男やおかみさんたちに違いない。どうせみな、どういう行列かもわかってはいないだろう」

「そうでしょうねえ。あんなに手下や仲間がいちゃあ、物要りでやすからね」

その日の朝から、九十郎と藤五郎は谷中の感応寺境内の内塀に囲われた一画を、参詣人を装って見張った。

感応寺別院の殿舎で暮らす法尼たちの勤めの、証拠をつかむ目ろみだった。

感応寺の表門や裏門をくぐったわきには、掛茶屋が出ていて、床几にかけて境内の景色を眺めながら茶が飲め、団子も食べさせた。

裏門わきの掛茶屋の床几にかけて、閑静《かんせい》な境内の木々の間に白い土塀に設けた小門が閉じられているのが見えた。

ひとりで見張り続けるのはむずかしいため、手伝いが要った。

「その手伝いは、あっしが引き受けやしょう」

と、藤五郎が湯屋の方は女房に任せ、九十郎と共に谷中の感応寺へきた。

そうして、朝からの見張りに気がゆるみ、ついうとうとと気持ちのよくなった昼下がり、内塀の小門が開いて網代の引戸のお駕籠の行列が出てきたのだった。

「いこうか」

九十郎は言い、「よしきた」と二人は菅笠の紐を締めなおした。

行列から半町少々の間をとりつつ、二人は物見遊山のふりをしてつかず離れずお駕籠を追った。

神田川に架かる筋違御門の橋を越え、八辻ヶ原より駿河台のお屋敷地を右手に見上げながら、お駕籠の行列は表猿楽町《おもてさるがくちょう》の通りを、静々と進んでいった。

「この道なら、飯田町《いいだまち》、あるいは番町の旗本屋敷の方までいきやすか」

藤五郎が呟いた。

「どちらへいくにしても、だいぶ慣れた様子だ。馴染《なじ》みの客だろうか」

「そりゃあ、ご大家やお金持ちにだって馴染みぐらいいるでしょう。真海って偉いお坊さんもお三重が馴染みだったんでしょう」

「まあ、そうだ。なぜあんなことになったかは、わからんがな」

だが行列は駿河台を背にして表猿楽町の通りをはずれ、大名屋敷や大家の旗本屋敷の土塀や長屋門のつづく通りを左や右へ折れつつ進んだ。

武家屋敷地の石ころ道に薄日が差し、人通りはまばらだった。

やがて一ツ橋御門外の御火除地《ひよけち》の間を抜け、なんと行列は一ツ橋御門を通る様子である。

「驚いたね。御曲輪の中へはいりやすぜ」

「御門内になると、御公儀の御用屋敷か譜代《ふだい》の有力大名のお屋敷しかないのだがな」

「ほらほら、一ツ橋を渡っていきやすぜ」

ふむ――九十郎は平然と頷きはしたものの、内心は一体どこのお屋敷へ入るのだ、と訝しんでいた。

一ツ橋の枡形御門《ますがたごもん》の番所で、二人は番士に呼び止められた。

「それがし、元御小人目付役に就いておりました九十九九十郎と申します。本日御用屋敷に相勤めます……」

と、昔の知己の役人の名を出し、「さようか」と番士の許しを得た。

「さすが、元御小人目付。旦那、そつがありやせんね」

藤五郎が感心した。

だが二人は、一ツ橋の枡形御門を出て前方をゆく行列の向かう先に唖然《あぜん》とした。

お駕籠と行列は、粛々《しゅくしゅく》と平川御門へ進んでいくからだ。

「じょ、冗談じゃねえぜ」

藤五郎が呆《あき》れ顔になって呟いた。

九十郎も言葉がなかった。

ただ、まさかこんなことが、と思ったばかりだった。

平川御門から先は、大奥のお女中や大奥御広敷に勤める者以外は、勝手には通れない。表役の者でさえ、役によってはこの御門は通れないのである。

平川御門は、大奥の御用を勤める者の専用御門と言っていい。

平川御門橋のだいぶ手前で、九十郎と藤五郎は呆然と立ち止まり、お駕籠の行列が御門内に消えてゆくのを見送った。

お駕籠が咎められる様子は全くなかった。

九十郎にはもう、法尼を乗せたお駕籠がどこへ向かうのか、わかっていた。

平川御門を入り、下梅林門、上梅林門、それから御切手門をくぐれば大奥である。

長局《ながつぼね》の奥女中方とも心安くか……

九十郎は行列の消えた平川御門を見つめ、声に出さず呟いた。

ちょっと溜息が出た。

気づいた藤五郎が、鼻先で笑った。

「旦那、どうしたんでやす？」

しかし九十郎は、答えるのが煩《わずら》わしかった。

「藤五郎、これから訪ねたいところがある。あんたは先に戻ってくれ」

「へえ？　どちらへ」

「暗くなるかもしれぬが、あとで湯屋へ顔を出す。帰りにうちへ寄って、お七に遅くなるから晩飯はいらぬ、先に休んでいるように、と伝えてくれ」

「はぁ、さようで」

藤五郎が首をかしげた。

三屋半次郎が日記に記した「不審にて候……」の先がこれだった。

女房のお照はこれを知ったらどう思うだろう。

九十郎の気がまた重くなった。

踵《きびす》をかえし、午後の薄日の差す一ツ橋御門の方へ戻った。

其の四　果たし状

一

一月の晦日《みそか》が近いその日、朝から生暖かな南風が激しく吹き荒れた。

巻き上がった砂塵《さじん》が空を被膜で覆《おお》い、降りそそぐ日差しを黄色く霞《かす》ませた。

うなる風は、屋根から屋根へ吹き渡り、辻々に渦を巻き、路地を吹き抜け、家々の戸や唐紙や障子を震わせ、川面《かわも》を舐《な》め土手の柳を吹き流し、身を縮めていき交う人を追いたて、まるで人々の暮らしを薙《な》ぎ倒そうとでもするかのように暴れ廻った。

上野寛永寺に生い茂る樹林が、荒れ狂う風の中でゆれ騒ぎ、不忍池には白い波が乱舞し、さすがにこういう日に参詣客の姿は殆《ほとん》どなかった。

御山の見廻りに就く山同心は、風の日は火事に用心をしなければならない。

春先の南風が吹きすさぶときの火事は本当に恐い。

火事に用心せよ、見廻りを厳重にせよ、油断するな……

熊代は配下の同心らへ口うるさくくりかえし、御山の警戒を厳重にした。

その昼、熊代が見廻りで風の中を黒門わきの番小屋へきたときだった。

若衆髷《わかしゅまげ》に袴姿の拵えが大人びて見せてはいても、まだ年端《としは》もゆかぬ童子が、黒門の控え柱のわきより俊敏に駆け寄ってきた。

「熊代洞山さまですか」

童子が二間ほど離れたところに立ち止まり、熊代を呼び止めた。

「なんだ？」

熊代が見かえすと、風の中で童子の色白の頰《ほお》が少し赤らみ、小柄で、それでも唇をきゅっと締めた顔つきがどこか、侍の子を思わせた。

「熊代洞山さまに、間違いございませんか」

熊代を見上げる童子は、物怖《ものお》じせず確かめた。

「ああ、そうだ。小僧、おれになんぞ用か」

熊代は歩みを止め、縞袴の裾を風になびかせた。

「わが師より、熊代さまに書状を預かってまいりました」

「書状？」

熊代が童子の方へ半歩踏み出し雪駄を鳴らすと、一瞬、童子は身を硬くした。しかしすぐに熊代へ歩み寄り、「お渡しいたします」と、前襟に差していた折封の書状を差し出した。

熊代は、つい書状を手にとっていた。

書状の表に《果たし状》と記してあった。咄嗟《とっさ》のことに呆気《あっけ》にとられ、童子へ顔を戻したとき、童子はすでに黒門を走り出ていた。

風がうなりを上げて、童子の後ろ姿を追う熊代に襲いかかった。

熊代の手に残った果たし状が風に吹かれて、ぱさぱさ、と鳴った。

それから一刻がたった。

吹き荒れる風の中、熊代は清水坂を上り、谷中通りを歩んでいた。

上野山内の、椎《しい》や楠《くす》、楓《かえで》や桂《かつら》、松、欅《けやき》などの樹林が吹きすさぶ風に大きくゆれ、ざわめいていた。

八軒町の角を感応寺の方へ折れると、砂塵《さじん》の舞う通りに日差しが降り、通りの先に感応寺の山門と霞んだ空を背にそびえる塔が眺められた。

御山の土塀と谷中通りを隔ててつらなる谷中町の、御山を背に茶屋町へ折れる小路や路地に見向きもせず、風の中を歩んだ。

御山の谷中門前をすぎ、新茶屋町の表町と言われる北通りの小路へ折れた。

道の両側に軒をつらねる、茶屋や酒亭、食い物屋の二階家が、土色の風に薄汚れて見えた。

小路に差す日差しさえ、黄色く染まっている。

熊代は目を細めて、新茶屋町を覆う霞んだ空を見上げた。

「くそが」

と吐き捨て、細めた目を戻した。

普段なら、昼間からの嫖客がちらほらといき交い、小格子の張見世《はりみせ》の女を物色し、見世の表戸に佇む客引きの女たちと揚代《あげだい》の交渉などをし、どこかの座敷から三味線の音のひとつでも聞こえる刻限だった。

しかしこの風で、嫖客の姿はなかった。

空桶《からおけ》がひとつ、風に吹かれて一方の軒下から一方の軒下へ、ががら、ががら、と転がるばかりで、小路は見捨てられた町のように人の気配が途絶えていた。

小路を抜けた最初の辻に、砂塵が渦を巻いていた。

熊代は小路に雪駄を、だらだらと鳴らした。

お富の酒亭は小路の木戸を通ってすぐだが、吹き抜ける風が歩みを悩ませた。酒亭の軒に吊るした軒暖簾が、ちぎれそうにはためいていた。

酒亭の前へきて、熊代は五尺五寸ほどの体軀の分厚い胸を反《そ》らした。

肉の盛り上がったごつい肩を廻してほぐした。

腰の大刀の鯉口《こいぐち》をきり、つかんだ具合を確かめた。

それから柄頭を押さえ、かち、と音をたてて鯉口を戻した。

両開きの格子戸を左右へ開いた。

風が吹きこんだ前土間に客の姿はなかった。

土間の長床几に腰かけ客待ちをしている三人の女が、きょとんとした顔を熊代へ向けた。女たちの白粉《おしろい》顔に風が吹きつけた。

「いらっしゃい」

女たちが気のない素ぶりで言った。

熊代が女将の情夫であることを、女たちはむろん知っている。

「女将さん、熊代の旦那が見えました」

女のひとりが、店の間の片側から土間続きの薄暗い通路へ声をかけた。

店の間から階段が通路を跨《また》いで二階へのぼっている。

土間に吹きこんだ風が店の間の障子や襖《ふすま》を、激しく震わせた。

別の女が、熊代の開け放した格子戸を、下駄を鳴らして閉めにいった。

お富が階段の下をくぐって通路の奥から顔を出した。

「あんた」

と、熊代に眉をひそめて言った。熊代は煤《すす》けた天井をひと睨みしてから、お富にかすれ声をかけた。

「いるのか」

お富がたるんだ顎の肉に皺《しわ》を刻んで頷くと、濃い化粧が離れていても臭《にお》った。

「ほかに客はいないいな」

「いないよ。奥の四畳半だからね」

「老いぼれひとりだな」

お富が頷いた。

「よかろう。おっつけ覚道らがくる。そしたら女に酒を持ってこさせろ。今日は客を断れ。おまえたちはここで大人しくしていろ。何があっても騒いではならんぞ」

三人の女が、戸惑いながら顔を小刻みに頷かせた。

「あんた、だ、大丈夫なんだろうね。店を壊されるのはいやだよ」

お富が鉄漿《かね》を光らせ、震え声で言った。

「うろたえるな。老いぼれひとり、大したことはない。済んだら呼ぶ」

女たちが互いに顔を見合わせた。

熊代は大刀を腰からはずし、左手に下げた。店の間に上がり、手すりのない急な板階段を軋《きし》ませ、のぼっていった。

お富が心配そうに、通路から階段を見上げた。

二階は、のぼってすぐ人が身体を斜めにしてすれ違えるほどの狭い廊下が、階段の右へ反転する形で奥へのびている。

廊下の天井は一階よりさらに低く、熊代でさえ背伸びをすれば頭がつきそうなほどの高さしかなかった。

部屋は三つあり、廊下を挟んで南の表の小路に面して三畳と奥に四畳半、廊下の北側、すなわち階段の上に四畳半がもうひとつである。

階段に沿って、廊下に形ばかりの半間ほどの手すりがとりつけてある。

悠然《ゆうぜん》と階段を上がった熊代は、手すりをつかんで身をかえした。

薄暗い廊下の奥を睨《にら》んだ。

どの部屋も襖が閉じられている。

風が鳴り、店がゆれた。隙間風がどこかから吹きこんできた。だが、安普請《やすぶしん》の廊下の軋みを風の音が消した。

奥の四畳半の、引違いの襖の前へきて、中の気配をうかがった。

静まりかえった部屋から、不穏な気配は伝わってこなかった。

熊代は勢いよく開けた。

九十郎は、襖を勢いよく開け放った熊代を静かに見上げた。

熊代は分厚い胸を反らせ、刀を左手に下げて石像のように立っていた。

石像でないのは、二重の大きな目が九十郎を見下ろし、上を向いた団子鼻の下に突き出た唇が何かを呟いているみたいに動いているのでわかる。

九十郎は部屋の壁を背に端座し、両手を黒袴の膝へ軽くおいていた。

黒紬の袷の前襟より見える下着の白が、くっきりとした輪郭を描いていた。黒鞘の大刀は右の膝のわきに、菅笠と共にある。

右手の小路に向いた連子窓《れんじまど》の障子に格子の影が映り、九十郎は左手の廊下に立った熊代を見上げている。

風が吹きつけるたびに、障子が音をたてて震《ふる》えた。

「九十九さん、どういうことだ。とんと解《げ》せぬが」

　熊代は九十郎を見下ろしたまま、かすれた声で言った。

　九十郎は白髪まじりの総髪のほつれ毛を、指先で耳の後ろへかき上げた。

「熊代さんにお訊ねし、確かめねばならぬ事情があるのです。ゆえにあの書状をお届けしました。よくきていただきました、逃げずに」

「逃げずに？　意味はわからぬ。あんたごときの果たし状に逃げるわけがない。斬り合いがしたいのか。相手になってやってもかまわぬが」

「どなたとも斬り合いなどしたくはありません。ただ、今日の場合は斬り合いになるかもしれませんのでな。それなりの覚悟できていただきたかったのです。ゆえに、果たし状、といたしました」

「訊きたいことがあるなら、書状に書けばよかったではないか」

「書状に書いてしまえば、直にお話しする折りの面白味が半減します。熊代さんもその方が、驚きがあって興味をそそられるでしょう」

「これでも年寄りを敬う気持ちは持っている。訊きたくばなんでも訊いていいぞ。知っていることは教える。ただし、簡潔にな。年寄りの話は廻りくどくてかなわぬ。このあとも仕事がある身だ」

小路を吹き抜ける風が窓の外のうなりに合わせ、空の桶が、がらがら、と転がっていき、連子窓の障子が、ぶぶぶ、と震えた。

熊代は部屋へ入り、襖を後ろ手に閉じた。そうして、九十郎と向き合う一方の襖を背に対座した。左わきへおいた刀の鍔《つば》が、黄ばんだ琉球畳に鳴った。

熊代が背にした襖の向こうは、廊下の南側に隣り合わせた三畳間である。

「殊《こと》にこういう風の日はな、われら、御山の警戒が怠れぬのだ」

熊代は、連子窓の震える障子へ顔を向けて言った。

「仕事の心配は、も早やなさるには及びますまい。熊代さんのお役目は、どなたか別の方が果たされるでしょう」

九十郎の静かな物言いに、熊代はわずかに顔をそむけ、考える素ぶりを見せた。

「年寄りの面白くもない戯言《ざれごと》に、つき合う気はない。訊きたいことをさっさと訊いたらどうだ」

「戯言でないのは、あなたはすでにご存じだ。年寄りと面白くない、というのはあたっておりますが。あなたは、戯言ではないと知っているからきた。わたしがこのお富の店にお呼びたてしたことで、頭のいい熊代さんはすぐに感づかれたのでしょう。わたしが未だ諦《あきら》めずにどうでもいいことを調べ、どうやら、知られてはならぬ事情を知られたようだ。これは放ってはおけぬ。始末をせねばと」

「ふん。賢《さか》しらぶった老いぼれくらい鼻持ちならぬものはない。大人しく隠居暮らしをしておればいいものを。年寄りの冷や水とは、よく言ったものだ」

「ご忠告、受けたまわっておきましょう。で、よろしいですな」

熊代がいがらっぽい咳払《せきばら》いをし、

「さっさと訊けと、言っているだろう」

と、声を凄《すご》ませた。

「まず以って、お訊ねする前に言っておかねばなりません。水鶏橋の料理茶屋《忠一》にてお三重を殺害したのは、俊慧ではなく、寛永寺子院・大慶院の院家の真海さまであることはすでにわかっております。俊慧は真海さまの密会の折り、常にお供をしていただけで、熊代さんの差し金で真海さまの身代わりをさせられた」

熊代は無表情を、九十郎へ漫然と投げたままである。

「お三重は感応寺境内の別院と称する殿舎にて、剃髪した形《なり》であたかも法尼のごとくに表向きは暮らし、江戸市中のお歴々やお金持ちの客のお相手を務める女たちのひとりでしたな。感応寺の法尼たちがお相手を務める客の中に、お城の大奥・長局の奥女中方もおられるようで。お駕籠の行列が平川御門へ堂々と入っていったときは、さすがに驚かされました」

九十郎は軽々とした口調で続けた。

「ところで、真海さまがお三重の客だった事情は、お駕籠が忠一へ向かう折りにいつも通る谷中門の門番や《忠一》の主人・忠一から、むろん訊き出したものです。熊代さんのやり方は荒っぽすぎる。肝心の忠一を黙らせるのに、三屋半次郎やお三重の両親の萩野夫婦を始末するのは、やりすぎでしょう。忠一はあなたのように図太くはない。大丈夫か、露見しないか、と心配になるのがあたり前です。そこで……」

言いかけたとき、襖の外で女の声がかかった。

「旦那さん、お酒の支度をしました」

おお、入れ――熊代が九十郎から目を離さずに言った。

襖を開けた女は、怯えた様子で九十郎と熊代を盗み見た。

部屋へ入ってきて、九十郎と熊代の膝の前に、徳利《とっくり》と盃、鱈《たら》の干物を炙《あぶ》った肴の皿を並べた膳をおいた。そうして、こそこそと部屋を出ていった。

女が廊下や階段を軋らせるのが、吹きすさぶ風の合い間に聞こえた。

「九十九さん、呑みながら聞こう。あんたは興味深い。あんたみたいな年寄りは初めてだ。つごう……」

熊代が徳利を差し出すのを、九十郎は手で制した。

「いろいろな年寄りがいます。若い者にも、熊代さんのような人がいるし、俊慧、三屋、三屋の女房のお照のような者もいるのと同じです。年寄りも若い者も、みな同じいろいろな人なのです」

熊代は盃に酒をつぎ、たて続けに呑んだ。

九十郎は袖から布きれの包みをとり出した。掌に開いた布きれには、眼鏡がくるまれていた。

「今日はこれがいるかと、思いましてな」

眼鏡をかけ、眼鏡紐《ひも》を頭の後ろでしっかり縛った。

「これでいい。少しはましだ。熊代さんの顔が前よりはっきり見える」

「老視か」

熊代が盃を持つ手を止め、訊いた。

「さようです。歳をとると目が霞みましてな。若いときのようにはいきません」

老いぼれが、と嘲《あざけ》りが熊代の目に浮かんでいた。

で、うかがいたいのは――と、九十郎は膝に手を戻した。

「すでに事は明らかだが、熊代さんと果たし合いになる前に、あなたの口から直《じか》に聞いて、確かめておきたかったのです。簡単です。そうだ、と熊代さんの口から聞けば済みます。すなわち、三屋半次郎を追剝ぎに遭ったかのように装って斬ったのは、熊代さんですな。あるいは、あなたの指図で誰かに斬らせたのですな」

風がうなり、桶が小路に転がり、店が震えている。

「あの日、三屋はこの酒亭に呑みにきたのではなく、女と戯れたのでもなかった。熊代さんの言った通り、三屋は美人の女房ひと筋の男だった。あなたが誘った。つき合えと。俊慧の一件に不審を抱いた三屋の報告を聞くふりをして。そうなのか、御山にかかわりのある事ゆえ隠密に調べを続けろ、と呑みながら熊代さんは言ったかもしれない。そうしてその戻り、池の端の夜道で……」

九十郎は熊代へかすかに微笑みかけた。微笑みながら、

「ここの女将が知っている。女たちも知っている。みな、奉行所のとり調べにどこまで白をきれますかな」

と、膝を軽く叩いた。

「それを、女たちの白状ではなくあなたから直に聞かねばならんのです。それがこのたびの三屋半次郎の女房・お照より受けた、わが務めなのです。お照はただ、惚《ほ》れた亭主が斬られた本当のわけを知りたかった。本当のわけを知ることが、惚れた亭主に

つくす女房の、うちの人はそんな人じゃない、と信じているたったひとつの純情なのでしょうな」

お照の流したひと筋の涙がそれを教えた。そのときは定かにわからなかった。だがお照の純情はわかった。

熊代が小さく噴《ふ》いた。

盃をひとあおりし、膳へ投げ捨てると、盃が膳から落ち畳に転がった。

「よかろう。答えてやる。そうだ。おれが三屋を始末させた。とるに足らん山同心が役目でもないのに首を突っこんできた。他人が何をしようが、放っておけばいいものを。三屋はお三重が何をしていたか気づいていた。聞けば、お三重は三屋の組屋敷の隣町に住んでいた顔見知りだったと言うではないか。それでな、放っておけなかったらしい。馬鹿が。どうだ、九十九さん、あんたも馬鹿が、と思うだろう」

熊代が嘲笑《ちょうしょう》を寄こした。

「お三重みたいな女が、生きようがくたばろうが、どうでもよいではないか。真海はそう思っているぞ。あの高僧はな、女をいたぶると気が昂《たか》ぶるらしい。お三重はいたぶられて喜ぶ女だった。それで真海はお三重を殊のほか気に入った。お三重ばかりを相手にした。その挙句がこの始末だ。真海は戯れだった、どうにかしてくれ、とおれに泣きついた。だが、お三重を殺したことなど、微塵《みじん》も悪いと思っておらん」

嘲笑にくるんだ熊代の昂ぶりが、言葉や仕種の端々から伝わってきた。熊代はもう止まらなかった。

「お三重の両親もな、死んだものは仕方がない、金で済ませましょうと、物わかりのいい対応だった。ただ、物わかりはいいが欲深すぎた。五百両をねだった。真海は承知したものの、五百両となると簡単には捻出《ねんしゅつ》できぬ。猶予をくれと言った。なのにお三重の両親はまだかまだかとせっついた。真海が苛《いら》だって、目障りだ、と言い始めた。喉元すぎれば熱さを忘れる、というやつだ」

そう言って、喉を引きつらせるように笑った。

九十郎は膝に手をおいて、動かなかった。ただ、

「それで萩野さん夫婦も、押しこみ強盗に遭い、命を奪われたのですな。熊代さんの差し金で……」

と言った。

「そういうことさ。仕方なかった。真海さまの、お望みだったからな。どいつもこいつも同じだ。欲深く、自分勝手で、残酷なのだ。それが人というものだ、九十九。歳をとって、またひとつ賢くなれたろう」

熊代は喉《のど》を引きつらせたまま傍らの刀をつかみ、鐺《こじり》を畳についた。

「けっこう。すべては推量通りだ。わが元支配役の御目付さまにも、感応寺で暮らす法尼のお駕籠が大奥へ出入りしている事情を説明するさい、今の熊代さんの話した通りに伝えました。また町奉行所にも知り合いの与力がおりましてな。こちらはわかった事情は報告する約束になっておりましたので、もうあなたは終わりだ」

差し口は本意ではありませんが――と、今度は九十郎が笑った。

「惚れた亭主を殺されたお照のつらさを癒《いや》すため、熊代さんが手を染めている悪さに邪魔だてすることにしたのです。それがお照から頼まれたわたしの、仕事なのです」

熊代の目の嘲《あざけ》りが、憎悪によって赤く染まり始めた。

「ですが熊代さん、お照に仇《あだ》討ちを頼まれたのではありません。三屋半次郎を殺害した罪を、ちゃんと償《つぐな》うならば、必ずしも果たし合いでなくてもいいのですがね。しかし、わたしとあなたは、このままでは済みそうにはありませんな」

「ああ、済みそうにはないな」

熊代がかすれた声で言った。

突如、これまでよりさらに激しい風が吹き荒れた。

風がうなりを上げた。

店が激しくゆれ、廊下が軋んだ。

かすかに、町のどこかで女の高い笑い声が聞こえた。

桶が小路を転がった。

がらがら……がらがらがら……

二

たん。

最初に廊下の襖が、音高く引き開けられた。

暗い廊下から菅笠に墨染衣の男が、白刃《はくじん》を突き出し九十郎へ体あたりを図った。

男は畳をゆらし、獣みたいな奇声を発した。

九十郎は片膝立ちに廊下の方へ身がまえながら、続いて隣の三畳間を仕きる襖が激しく引き開けられ、そこにも同じ菅笠に墨染衣の男が白刃を下げて現われ、さらに熊代が立ち上がりながら抜刀するのを、視界右手に認めていた。

廊下から突進してきた男は、雲水の加持丸だった。

加持丸が九十郎の膳を蹴散らした途端、九十郎は脇差を抜き放ち様、突き出された白刃を音高くはじき上げた。

初めから、店の中で斬り合いになった場合は脇差で戦うことに決めていた。この酒亭の中で大刀を揮《ふる》うには狭すぎた。天井も低い。

白刃は、仕こみ杖と思われる長刀だった。

はじき上げられた切先が、勢いよく低い天井へ突き入った。

加持丸の体勢が流れ、胴が開いたところへ脇差をひと薙《な》ぎにかえした途端、悲鳴を上げ身体を折って前へよろけた。

しかしそれとほぼ同時に、廊下より今ひとりの新手の法願、三畳間の覚道と後ろに熊代、正面と右手の二方向より雄叫《おたけ》びを上げ、一丸《いちがん》となって襲いかかってきた。

すかさず九十郎はよろけた加持丸へ肩を突き上げ、右手の覚道と熊代の方に突き飛ばしていた。

突き飛ばされた加持丸が覚道と熊代にもつれ、熊代の膳を踏み割り、徳利や盃を飛び散らした。

「どけえっ。邪魔だ」

どちらかが叫んだとき、九十郎はすでに正面廊下の法願の懐へとっていた。

菅笠の下の日に焼けた顔が、九十郎の二尺ほどもない肉迫に啞然とした。

刹那《せつな》、懸命にふるった仕こみの長刀が、四畳半の鴨居《かもい》を咬《か》み、九十郎の脇差のひと突きは法願の腹を貫いた。

法願がうなって鴨居を咬んだ刀を捨て、九十郎にしがみついた。

九十郎はかまわず、脇差をさらに貫き入れるように、廊下を挟んだ向かいの部屋の襖を目がけ、たんたと一気に二歩を押しこんだ。

「討てえ」

法願が仲間を呼んで喚き、なおも九十郎へしがみつこうとしたのは束の間だった。

九十郎の押しに抗しきれず、襖を突き飛ばし部屋の中へたちまち押し倒された。

脇差と九十郎は廊下に残っている。

男は血を噴く腹を押さえてのたうった。

そのとき、背後から浴びせかけられた袈裟懸《けさがけ》を、九十郎は身体を折り畳みながら部屋へ大きく踏みこんで、肩の布地をわずかにかすめさせただけだった。

三人の雲水の中で残った覚道の一撃だった。

覚道が叫び、追い打ちをかける。

だが九十郎は踏み出しつつ身体を反転させ、片膝立ちの応戦の体勢に入っていた。

遮二無二追う覚道は、束の間、防御を忘れた。

踏みこんだ途端、膝頭へひと太刀を浴びせ、膝頭の骨を斬り割った。

悲鳴が店中に響き渡った。

覚道の体勢は一瞬でくずれた。

膝頭を押さえて片足で仰《の》け反《ぞ》り、それから廊下へ転倒した。

「ああ、ひ、膝が、ひざがぁ」

声を絞り出し、廊下を階段の方へ這《は》った。

覚道は刀を杖に無理やり立ち上がろうと試みた。

廊下の手すりにしがみつき、よろ、と手すりへ凭《もた》れた。

すると、形ばかりの手すりは覚道の重みをわずかの間も支えきれず、脆《もろ》い音をたてて折れ、墨染衣と共に階下へ転げ落ちた。

叫び声は長く続かなかった。

階段を転げた覚道は、階段のわきから通路の土間へ真っ逆さまに転落した。

女将のお富が呆然とし、三人の女がけたたましい悲鳴を上げた。

九十郎と熊代は、皿や徳利の散らばった四畳半で、階下の悲鳴を聞いた。

熊代は連子窓を背にし、九十郎は廊下を背に身を低くして、二人は一見のどかな様子で向き合っていた。

しかし熊代は大刀を、九十郎はすでに三人を斬った血のしたたる脇差をそれぞれの右わきへ下げていた。

「熊代さん、あとはあなたひとりのようですな」

九十郎が言うと、熊代は顔を歪ませた。

墨染衣に菅笠の三人は、加持丸が隣の三畳で血まみれた腹を押さえて身悶《みもだ》え、法願は廊下を挟んだ四畳半でも早や身動きせず、階段下の通路にうつ伏せた覚道は、首の骨がくだけ、かすかな最後の痙攣《けいれん》を起こしているばかりだった。

「じじいにしては、やるではないか」

熊代が垂らした刀をゆっくりと九十郎へ向けつつ、右足を踏み出して膝を折った。

「小太刀が、得手か」

「ここは狭いですからな。短い方が扱いやすい。そう考えただけです」

九十郎の大刀は、菅笠と共に初めにおいたままである。

「じじい、隠密目付の腕はなまっておらぬか」

「どうでしょうか」

九十郎はかまえず、楽にしている。

「どうでしょうか、だと？　勿体《もったい》ぶりおって」

「よろしいか。では果たし合いの決着を、つけましょう」

九十郎は片手一本で脇差を正眼にとり、熊代と同じく膝を折った。

低い天井の下、熊代は太刀先を下段へ下ろしてかまえ、九十郎は切先を熊代の顔面へかざした。

「小手調べは、終わりだ」

充血した目は笑っていなかった。

熊代が大胆に間をつめ、たちまち半間近くに迫った。

二人の沈黙を埋めるかのように、風がうなり、連子窓の障子戸が震え、熊代の呼吸が繰りかえされた。

「ありゃああ」

熊代がひと声吠え、先に斬り上げた。

かちん……

それを瞬時もおかず脇差を打ち下ろし、上から押さえにかかった。

二刀の鋼《はがね》が咬み合い、瞬時、動きが止まったかに見えた。

だが、肉の盛り上がった熊代の肩に力がこもり、痙攣するかのように震えた。

すると、強烈な圧力が九十郎の脇差をゆっくりとだが次第に持ち上げ始めた。

凄《すさ》まじい力が脇差を通して九十郎の腕に伝わり、その力と共に熊代の爪先が少しずつ前へにじり出てくる。

怪力で持ち上げた切先を、鋼を咬み合わせたまま九十郎を刺し貫く狙いだった。

腕力は、五尺五寸ほどの熊代が五尺七寸の九十郎を明らかに上まわっていた。

しかも九十郎は片手一本の脇差である。

熊代が腹の底から不気味なうめき声を吐き出し、九十郎の脇差が胴の高さまでじりじりと持ち上げられた刹那だった。

鋼と鋼が震えながらこすれ合い、鋭い軋みをたてた。

「喰《く》らえっ」

熊代が叫んだ。

上から押さえにかかる脇差を受け止めたまま、刃《やいば》を勢いよく突き入れた。

熊代には、切先が九十郎の腹を貫くかに見えた。

けれどもそう見えたことが隙《すき》になった。

肩に力が入りすぎ動きが遅くなったことに、熊代は気づかなかった。

九十郎には熊代の切先が十分に見えた。

咄嗟《とっさ》に身体を斜《はす》に逃がし、切先が黒紬の袷《あわせ》をかすめるのが見えた。

眼鏡をかけていてよかった。

九十郎は脇差を白刃から熊代の腕へ一閃《いっせん》させた。

「あつっ」

九十郎の一閃は、黒羽織の右の二の腕から分厚い胸を舐めた。

熊代が上体を仰け反らせた。

苦痛ではなく、狙いがはずれたことに顔を歪め、一歩退《ひ》いたのだ。

九十郎は再び脇差を正眼にとった。

熊代は左手で打たれた二の腕を押さえ、今度は片手一本の正眼にかまえた。

「こいっ、じじい。それだけか」

怒りに顔を赤黒くたぎらせ、喚《わめ》いた。

「いくぞ」

九十郎が、ずず、と踏みこんだ。

だが次の一瞬、熊代がまた吠えた。

「ありゃあ……」

そして、分厚い体軀を躍動させつつ反転し、背後の連子窓へ突っこんでいった。

熊代の全身がけたたましい音をたてて連子窓に衝突し、障子が破れ、連子格子がくだけ散った。

飛び出した身体が、酒亭の板葺《いたぶき》の軒にはずんだ。それから、軒先の板をくだきながら小路へ転落した。


小路に叩きつけられた熊代は苦痛に耐え、刀を杖に懸命に立ち上がった。

そんな熊代に、風が横殴りに吹きつける。

疵ついた二の腕から、血がしたたった。

しかし、仁王立ちになって二階のくだけた連子窓を睨《にら》み上げた。

連子窓の破れた障子紙や、くだけてぶら下がった木ぎれが、砂塵まみれの風に震えていた。

「じじいっ、追いかけてこい。飛び下りられないか。ならば階段を使ってゆっくり下りてこい。待ってやるぞ」

熊代は連子窓を睨んで喚いた。

空の桶が熊代の足下に転がってきた。

熊代は桶を小路の先へ蹴り飛ばした。

小路の先の辻は、吹きつける一陣の風が舞って砂塵にふさがれていた。

桶が砂塵の中に転がっていった。

辻を北へいけば古門前町、まっすぐいけば宗持院門前、南へ折れればいろは茶屋の小路である。

「下りてこい」

熊代は二階へまた喚いた。

「わたしはここです」

と、声がかかった。

声の方へふりかえり、熊代はぞっとした。

束の間、砂塵で姿が見えず、亡者に声をかけられたかのように思ったからだ。

砂塵が吹き飛ばされ晴れると、新茶屋町の辻に物静かな佇まいを見せる九十郎がいた。

両わきへだらりと下げた手に得物《えもの》はなく、すでに二刀を腰に帯びていた。

熊代を穏やかに見つめ、やおら眼鏡をなおした。

くそっ、いつの間に。熊代は苛だった。

「一々、癪《しゃく》に障《さわ》るじじいだ。決着をつけるぞ」

吐き捨て、九十郎へ踏み出した。

「決着はついておる。これ以上は無駄だ。あなたは終わりだ。そう言っただろう」

九十郎が言った。

「じじい、惚《ぼ》けたか。勝負はこれからだ」

熊代は次第に歩みを速めた。

お富と三人の女が、酒亭の格子戸の間から顔だけをのぞかせた。

小路の両側に軒をつらねる店の、二階の窓や表戸の隙間からも、女や若い男らが騒ぎに気づいて顔を出していた。

お富と三人の女は熊代を目で追い、小路の先の辻に立つ九十郎を認めた。

熊代が九十郎へ突き進みながら、上段へとった。

黒羽織の袖が、血で汚れているのがわかる。

蹴たてる土煙が風に吹き消された。

九十郎は刀に手をかけ、身体を沈めて鯉口をきった。

熊代が上段より、荒々しい袈裟懸を浴びせかけた。

「うおお」

熊代が叫び、一撃がうなりを生じた。

九十郎は抜刀しつつ、沈めた身体を熊代の分厚い胸元へ飛びこませた。

両者の身体がぶつかるかのごとくに間が消えた途端、熊代の袈裟懸は九十郎の残影を斬り、九十郎は熊代を胴抜きにして体《たい》を入れ替えていた。

袈裟懸が空を斬り、熊代の身体は流れた。

踏み止まってふりかえったとき、九十郎は抜き胴の刀を風の中にかざしたまま、熊代へ半身にかまえていた。

九十郎は左の指先で、すこし下にずれた眼鏡を上げた。

熊代は再び上段へとった。

途端、脾腹《ひばら》より、ぶっ、と血が噴き、熊代は身をよじった。

身体がかしげ、足をもつれさせ、傍らの店の腰高の障子戸へ堪《こら》えきれずに倒れかかった。そうして障子戸を突き破り、店の前土間に転がりこんだのだった。

店の戸の隙間からのぞいていた男や女が、喚声を上げて逃げた。

しかし熊代は、土間に血を垂らしながら、懸命に起き上がった。

「まだだ……」

熊代が土間から九十郎へ喚いた。

再び立ち上がると刀を引きずり、よろけつつも砂塵の中に立つ九十郎へ向かった。

刀をふりかざし、なおも打ちかかっていった。

九十郎は小手へひとあてして、すかさず体を躱《かわ》した。

熊代はもう、その動きに追いつけなかった。

小手を打たれ、刀を落とした。

からら……。

と、刀が小路に転がった。

数歩たたらを踏んで身体を起こしかけ、それから茶屋町の辻へ膝を折りくずれた。

うつぶせた熊代の髷が、風の中の乱戦で乱れていた。

界隈の店の男や女たちが出てきて、辻の四方より九十郎と熊代を遠巻きにとり巻いた。九十郎は刀を下げ、熊代を見下ろした。

「な、なぜ打たん。斬れ。殺せ。そのための、果たし合いだろう」

熊代が、息を喘《あえ》がせ言った。

「言っただろう。果たし合いでなくともよかった。あんたには生きていてもらわねば困るのだ。生きてあんたの口から事を明らかにし、相応の裁きを受けてもらわねばな」

九十郎が答えた。

「ふん、おれが憎くて、打ち首獄門にしなければ気が済まんのか」

「好きにはなれぬが、熊代さんを憎いと思ったことはない。ただ、三屋半次郎の女房のお照に伝えてやりたい。熊代洞山は捕えられ、しかるべき裁きを受けました。もしまたご亭主が夢に出てきて無念だと訴えたなら、熊代はお縄を受けたと教えて、ご亭主の無念をはらしてやってくださいとな」

熊代は薄く嘲笑《あざわら》い、「勝手にしろ」と言った。それから長いひと息を吐き、仰向けになった。

「くそ。つまらぬ」

砂塵に霞む空を見上げ、最後にそう呟いた。

三

同じ日、下梅林門より上梅林門へ向かおうとする感応寺の網代の引戸のお駕籠が、城内の御先手組番所に呼び止められた。

これまで、感応寺のお駕籠の行列がここで呼び止められたことはなかった。

お駕籠の体裁のために行列用に雇われた寺侍や尼僧に拵えただけの従者らは、言葉もなく身をこわばらせ、なす術《すべ》を知らなかった。

従者らはただ、感応寺の執当・哉了に言われた通り粛々《しゅくしゅく》とお駕籠に従っていればいいはずだった。

行列は番所の傍らに控えさせられ、お駕籠に乗っていた萌葱《もえぎ》の袈裟に脂粉の匂いも妖しき歳のころ二十四、五の美麗な法尼がただひとり、気性の荒々しき御先手組の番所で詮議《せんぎ》を受けた。

法尼の詮議にあたったのは、御目付《おめつけ》配下の御徒目付《おかち》衆であった。

詮議は夕刻まで続き、その日のうちに法尼は牢屋敷に入牢となった。

空のお駕籠と行列は感応寺へ帰され、事情を知った感応寺では大騒ぎになった。

また同じころ、寛永寺山同心・三屋半次郎殺害の廉《かど》で同心頭の熊代洞山が町方に捕縛されたとの知らせが入り、寛永寺の政所では「一体どういうことだ」「何があったのだ」などと騒然となった。

入牢した法尼は、剃髪はしていても出家ではないため、町奉行所の手によって厳格な詮議が行われた。法尼はだんだんに白状した。

その結果、感応寺に寺社奉行のとり締まりの手が入り、住持と執当の哉了を始め、弟子の僧侶ら、また美麗な女を集めるために手を貸していた深川の感応寺末寺の僧侶らが次々と捕縛された。

中には、事態の露見を知っていち早く欠け落ちした末寺の僧侶もいて、人相書きが廻ってお尋ね者となった。

感応寺の境内一画の殿舎に感応寺の弟子と称して暮らしていた女たちは、娘を感応寺に奉公させた親共々捕縛された。さらに、感応寺の法尼の馴染みになっていた、役者、武家、商人らも、少なからぬ人数が召し捕えられた。

一方、寛永寺山同心頭の熊代洞山の詮議は、深手ではなかったものの熊代が負った疵《きず》が癒えたのちに行われ、熊代が感応寺の哉了らと結託して、法尼らを指図し不届きなる稼ぎに手を染めていた経緯が明らかになった。

そうして、寛永寺子院・大慶院修行僧の俊慧の一件では、配下の山同心・三屋半次郎殺害、また同じく俊慧の一件で害に遭ったお三重の両親殺害の罪も露見した。

それと同時に、大慶院院家・真海は寛永寺山主の厳しき咎《とが》めにより院家を解かれ院内に蟄居《ちっきょ》を命じられていたが、寺社奉行によってお縄を受け、入牢した。

この一件は、一とき、江戸市中で面白おかしくとり沙汰《ざた》されたものの、ほどなく忘れられた。

邪淫戒《じゃいんかい》を犯した僧侶らのふる舞いでなければ、お歴々も貧乏人も、老いも若きも、貴賤を問わずさして珍しい出来事ではなかったからだ。

元を正せば、根岸の里の料理茶屋《忠一》におけるお三重の死が始まりだった。お三重の死は、男と女の戯《たわむ》れの末の過《あやま》ちにすぎなかった。

「あれさえなければ。真海の馬鹿が、あんなことにならなきゃあなあ……」

熊代は打ち首の裁断がくだされる前の牢屋敷の揚屋で、そう愚痴《ぐち》をもらしていたと伝わったが、それはのちのことである。

しかしその《真海の馬鹿》を客引きのごとく誘いこんだのは、熊代自身だったし、そのあとの三屋半次郎や萩野夫婦の殺害は、すべて熊代の差し金だった。

この一件で裁断がくだされたのは、春がすぎて夏が近づいていたころだった。

熊代洞山のほかに、感応寺執当の哉了が死罪を受けた。

真海は八丈遠島、感応寺住持は三宅島遠島になった。ただし、弟子の幾人かの願いにより、真海や住持の供を許され、また法尼たちの馴染みも、ほどなく出牢した。

ただ、法尼と偽り大奥長局に出入りし、不埒千万《ふらちせんばん》なるふる舞いに及んだとして、ひとりの女とその親には死罪の裁断がくだされた。

このお裁きが伝わったとき、江戸市中では女と親に同情する声が多く聞かれたが、それもほどなく忘れられ、江戸には夏がきた。

けれどもそれは、もっと先の話である。

一月の晦日、お兼新道にある平永町の湯屋の、男湯の脱衣場から階段を上がった二階の広い休憩部屋のいつもの片隅に、九十郎は湯上りの浴衣へ布子の半纏を着けた格好で横になっていた。

煙管に刻みをつめて火入れの火をつけ、気持ちよさそうに吹かした。

朝の早い職人や勤め人の客が退《ひ》いたこの刻限、町内の顔見知りの、二人連れ三人連れの隠居が二組、茶菓を喫しつつ談笑し、ひと組が囲碁に興じ、あとは休憩部屋の隅で寝そべり煙管を吹かしている九十郎だけだった。

客が減って手の空いた茶汲み女のお民が、茶釜の竈のそばで絵草紙に読み耽《ふけ》っている。出格子窓の明障子がわずかに開けられ、春一番が吹いてだんだん春めいてきたお兼新道の心地よい陽気を伝えていた。

白い明障子には、朝四ツすぎのやわらかな日差しが二階の軒影を映している。

九十郎は、吸殻を灰吹きに落とし、煙管の吸い口で総髪に白い物が目だった頭をかいた。浴衣の胸襟に手を差し入れ、鎖骨の下あたりをだらしなくかきながら、今度は大きなあくびをひとつした。

「お民、おぶうのお代わりだ」

隠居のひとりが竈のそばで絵草紙に読み耽っている茶汲み女をよび、「わしも……」

と、別の隠居が言った。

「へえい、ただ今あ」

よく太ったお民が急須を持って畳をゆるがしたとき、藤五郎が、小太りに茶の着物を着流し、上によろけ縞の羽織を羽織って、休憩部屋の階段をのぼってきた。

藤五郎の後ろに、番町の室生家用人・望月万蔵の痩せた姿が従っていた。

二人は、階段を上がるとすぐに九十郎を見つけ近づいてきた。

藤五郎はお民に「こっちにも茶を三つくれ」と、九十郎の方へ手をかざし言った。

望月の尖《とが》った浅黒い顔が、前のときより少しゆるんで見えた。

九十郎は起き上がり、浴衣の裾などを整え坐りなおした。

「旦那、望月さんがお見えです」

と、藤五郎が九十郎の前に坐り、望月が刀を右わきへおきながら並んで着座した。

「これは望月さん、先だっては……」

九十郎が先に言い、望月へ頭を下げた。

「いえ、こちらこそ。先だっては、お世話になり申した」

望月が低頭した。

「早速ですがね、旦那。本銀町の杵屋から、先だっての条件を受けると、返事がきました。杵屋からの新しい請求は、何もなかったそうでやす」

「そうですか。杵屋が了承しましたか」

九十郎は望月に言った。

「お陰さまで、どうにか、収まりそうです。これから詫び代の借金の算段やら、いろいろありますが、とにもかくにも、一段落です」

望月は、額に三筋の皺を寄せ、指先でかいた。

「まあ、室生家にとって手放しに喜べる落着でないのはわかります。ですが、この落着で伸之助さまのご婚儀の話し合いが憂いなく進められるのです。ご婚儀によって、伸之助さまの将来は明るい。そのための対価と諦めるしかありません」

「まこと、さようです。奥さまも今はそうお考えになり、覚悟をしておられます。このたびの事態が表沙汰になれば、ご婚儀どころの話ではありません。事と次第によっては、伸之助さまのお役目にすら障りになるかもしれませんし、わたしも奉公先を失いかねなかった」

望月が、そんな歳でもないのにしょぼしょぼと笑った。

お民が茶を運んできて、それから三人は茶を喫しながら、伸之助の婚儀の話の進み具合や、あれ以来伸之助は身を慎《つつし》み、わずかな期間で急に大人びてきた様子、母親の昌が大奥さまとなる支度にいそしんでいる様子、などの話に花が咲いた。

四半刻ほどのち、望月は退散した。

藤五郎が望月を表まで見送ってから、休憩部屋に戻ってきた。室生家より得た謝礼の分配やかかった費用などの話が済んだあと、藤五郎が言った。

「杵屋が折れてきたのなら、室生家の詫び代をもう少し値ぎることができたんじゃねえんでやすか。値ぎった分の何がしかが、謝礼に上乗せできたんですがね。あっしはもしかしたら、旦那がそう言うんじゃねえかと思ったんでやすが」

「ふむ。案外、望月さんは詫び代の二百両を、もう少し安くならないか、とかけ合ってほしかったのかもしれぬな」

「ええ、ええ。あっしも望月さんの様子にそれを感じやした。喉元まで出かかっていたのが、言い出せないみたいに見えやした」

九十郎は煙管に刻みをつめ、火をつけた。

明障子に鳥影が差し、軒に小鳥のさえずりが聞こえた。

九十郎は煙管を吹かし、言った。

「杵屋への詫び代を値ぎるかけ合いはできぬことはなかったが、する気が起こらなかったのだ。偉そうなことを言うつもりはない。それでも、思うのだ。伸之助は、事情がどうであれ、得物もない武芸の心得もない町民の娘に手をかけ、怪我を負わせた。侍のすることではない。なのにあの男は侍として生き、上役の娘と婚儀を結び、いずれ人の上に立ち、お頭さま、殿さま、などと敬われる」

「そうでやすね」

　藤五郎が上目使いに言った。

「ただで侍の身分を得ながら、侍にあるまじきふる舞いをし、なお侍の身分に居据わっていられる。おかしな話だ。二百両は大きな額だ。しかし、せめてそれぐらいの償いは、負うべきではないか。そう考えたのだ」

　九十郎は灰吹きに煙管を、かん、とあてた。

「もっともだ。あっしも同感でやす。いいんじゃねえんですか。二百両の詫び代、きっぱりと杵屋に払って、表沙汰にはならなくたって、てめえのやったことはちゃんとてめえの肝に銘じて、生きていかなきゃあね」

　藤五郎が頷きながら笑った。

「あたり前の、人らしくな」

「あ、そうだ。それからもうひとつ、お知らせがありやす。お照の越した先がわかりやした。確か、品川の縁者に世話になるとか、でやしたね。確かに、お照は品川におりやす。ただ……」

九十郎は明障子に影の映る、軒下の小鳥のさえずりに耳をすました。

終　品川女郎

一

品川北本宿から中の橋を渡って品川南本宿一丁目、天王横町にある中旅籠《ちゅうはたご》《福《ふく》屋《や》》に九十郎は登楼した。

案内された二階の窓から、北品川と南品川の境を流れる目黒川が見下ろせた。

まだ昼下がりの日は高いが、宿場はすでに賑わっていた。

九十郎が上がったときには、どこかの座敷で三味線指南とかの芸子の三味線や鉦《かね》や太鼓が鳴らされ、他にも宴席の騒ぎが早や始まっていた。

旅籠の女が、新しい客を次々と二階へ案内している声や足音が、部屋の外の廊下と階段に絶えなかった。

これが旅の客が旅籠に上がる刻限になると、もっと賑やかになる。部屋には屏風《びょうぶ》がたててあり、屏風の陰にやわらかそうな布団が重ねてあった。泊代は銀貨二朱から銭で六百文ほどである。

九十郎は案内の女に酒の支度を頼んだ。

それから心づけを包んで言った。

「お三輪《みわ》と言う女がいる。相手を頼めるか」

旅籠の年配の女は、初めて上がったと思われる九十郎が、白髪の目だつ隠居風の老侍ながら、福屋に働き始めてひと月もたたないお三輪を名指したことを意外に思ったらしかった。

おや、という顔つきになった。けれどすぐに微笑んで、

「お三輪さんですね。承知いたしました。ただ今、支度をいたします」

と、あしらいよく答えた。

酒の膳がくるまで九十郎は出窓に腰かけ、袖ヶ浦《そでがうら》の方から吹くやわらかな海風に、ほつれ毛をなびかせた。

霞みを帯びた春の青空に、薄い雲がたなびいていた。

目黒川を筵に覆われた荷を積んだ川船が、さかのぼっていった。

宴席の三味線の音が、景気よさそうに続いていた。

三味線の音に合わせ、手すりにのせた手でつい調子をとっていると、町のどこかから子供の声が聞こえてくる。

うっとりとさせられるような、けれども何かしら物悲しさに誘われるような、昼下がりの景色だった。

「ごめんなさい」

廊下に女の声がした。

九十郎が黙って見かえると、腰障子が静かに開いた。

女は白粉《おしろい》が濃く、しゅっと刷《は》いた眉、きれ長の湿り気のある目、鼻筋の下の赤く塗った唇のかもす様子が、湯屋の休憩部屋に上がってきたときの目だたない相貌とはずいぶん違っていた。

紺地に白の縞柄と梅の花をちりばめた着物の胸襟にのぞいた、下着の襦袢《じゅばん》の襟の鮮やかな赤色が目についた。黒地に縄模様と裏地が橙色の昼夜帯《ちゅうやおび》をだらりに締めて、女の艶めいた姿を飾っていた。

引きずる裾《すそ》から、爪を赤く塗った白い素足と赤いけだしが畳をすった。

女は徳利や皿を載せた黒塗りの膳を運んできた。

「お待たせしました」

そう言って膳をおき、乱れるのでも堅苦しいのでもなく着座し、

「お客さん、こちらへ……」

と、出窓に腰かけた九十郎へ微笑みかけた。

年甲斐もなくときめくのは、微笑んだ女の目に浮かぶ哀愁のせいだった。

九十郎は出窓の障子を開けたままにして、膳についた。

むろん、お照の目は九十郎に気づいていた。

九十郎の動揺を、見透《みすか》しているかのような目だった。

だが、気づこうが気づくまいが客と宿場女郎に変わりはなく、お照は客の相手をする女のふる舞いを無理なく保っていた。

膳には、焼き魚に膾の鉢、汁の椀、徳利と盃が並べられていた。

「旦那さん、どうぞ」

そう言って、徳利を九十郎へ差した。

上げた盃に酒を半ばまでつぎ、徳利を両手に持ったまま膝へ戻した。

盃をあおると、お照は寂しげな微笑みを絶やさずまたついだ。

「お三輪の名で、出ているのですか」

九十郎は、徳利をかたむけるお照の白い手を見て、そんなことしか訊けなかった。

「育ったのが三ノ輪でしたから、三輪にしたんです。面倒で……」

「いや。あなたに似合う。綺麗《きれい》ないい名だ」

お照が笑い声をもらした。

「捜しましたよ。平永町の湯屋に見えた翌日、住まわれていた組屋敷へうかがうと、越されていた。わけがわからず、戸惑《とまど》いました」

「ごめんなさい。事情をお話しするのが、億劫《おっくう》だったんです」

「いいのです。話したくないことはあります。人はみな、それぞれの事情がありますからな。わたしにも、歳を重ねたぶん他人に言えぬ恥が沢山あります」

九十郎は盃を舐めた。

「ここは昔の知り合いに、教えてもらったんです。ご主人が気のいい人で。女将さんも元はこの旅籠で働いていましたから、よくわかった人なんです。身請《みう》け金を思った以上に、出していただきました」

「確かに、三十両は大金です。年甲斐もなく大金に目がくらんで、できもせぬ仕事を引き受けてしまいました。もっと早く訪ねるべきだった。ですが、あなたの居どころを捜すのに手間どったのです。遅くなったのは、引っ越し先を告げずに越されたあなたにも、落ち度がありますぞ」

九十郎は戯《たわむ》れて言った。

二杯目を呑み乾《ほ》し、お照がまたつごうとする盃をおいて制した。

「酔っ払っていい気持ちになる前に、用件を済ませたい。まず以ってこれを……」

九十郎は懐の白い布きれに包んだ三十両をとり出し、膳の傍らからお照の膝元へすべらせた。そして言った。

「先日、湯屋で預かった三十両です。改めて、頼まれた仕事はお断りするゆえ、これはおかえしいたす」

お照は徳利を膝の上に持ったまま、膝わきの布包みに物思わしげな目を落とした。

「恥をかいてしまいました。未熟者です。いい歳をして、修行が足りぬのです」

九十郎は白髪まじりの総髪のほつれた髪を、耳の後ろへかき上げた。

「これは旦那さんのお金です。かえされても困ります」

うな垂れたお照が、寂しげに言った。

「ですから、仕事はお断りするのです。断った仕事の手間賃は、かえすのがあたりまえのことです」

「いいえ、このお金をかえすことはできません。これは旦那さんにお支払いしたお金です。お支払いするために拵えたのです。あと戻りはできません。旦那さんにお支払いしなければ、ほかに使い道のないお金です」

お照は顔を上げなかった。

微笑みが消え、白粉の下の顔色がわずかに赤らんでいるのがわかった。

「お照さん、あなたは間違っている。まるで、決まった定めのように言われるが、定めがわかる者はいない。今日と明日は違う。今日、使い道のない金は、明日目覚めたら、明日のためにゆっくり使い道を考えたらいいのです」

金など、それだけのものです――と、九十郎は言い添えた。

お照は、眉間《みけん》にかすかな皺を寄せた。多くの困難を抱え、ただひたすら耐えてきた顔に見えた。

「困ります……」

か細い声が繰りかえされた。

宴席の、三味線と鉦と太鼓の音が聞こえてくる。

九十郎はかまわず言った。

「それと、仕事をお断りするわけを話さねばなりません。聞いていただけますかな」

お照は、顔を少しもたげた。

上目使いに九十郎へ向けた目が、物問いたげにゆれていた。

「あなたが不審を持たれた通り、ご亭主の三屋半次郎さんは追剝ぎに遭《あ》って斬られたのではありませんでした。ご亭主を亡き者にしたのは、ご亭主の頭役だった熊代洞山という御山に勤める同じ同心です。熊代洞山はご存じですね」

お照は顔を伏せたが、そっと頷いた。

「あの日ご亭主は、谷中の酒亭へ呑みにいったのでも、女と戯れにいったのでもありません。それもご存じでしたね」

何を今さら、というふうに、それにもまたそっと頷いた。

九十郎は話し始めた。

話し終えるまでに、長くはかからなかった。

だが、九十郎が話し終えるまでに、出窓の開けたままにした障子の隙間から見える空に、雲がゆっくりと流れていき、三味線と鉦や太鼓が止《や》んで、男と女のさんざめきがひとしきり聞こえた。

階段を忙《せわ》しなげにのぼったり下りたりする、人の気配も伝わってきた。

そうして、話が終わる前からお照の白い瞼が震え、ぽつぽつと落ちた涙が膝の梅の花模様を濡らした。

お照は、やりきれなさと悲しみにくれ、こぼれる涙をぬぐうことさえ忘れているかのように見えた。

「可哀想に、可哀想に……」

と唇を震わせ、呪文のように繰りかえしていた。

「熊代洞山は捕縛されました。死罪は間違いありません。ですがじつはわたしは、それがお照さんにとって本当に意味があったのか、疑問に思っているのです。もしかしたらお照さんには、ご亭主が戻ってこぬ身となっては、手を下した者が追剝ぎであれ、あるいは熊代洞山であれ、別の誰かであれ、さしたる意味などないのではありませんかな。わたしにはそう思えてならぬのです」

九十郎が言うと、お照は着物の袖から出した下着の襦袢で涙をぬぐった。

「ご亭主が夢に出てきて、無念だと訴えて泣いたと、言われましたな。ご亭主の無念をはらし、ご亭主をあんな目に遭わせた者を罰してやりたいと、そのようなことを言われましたな」

お照ははなを静かにすすり、九十郎の言葉を聞いていた。

「わたしは年寄りです。まだ若いあなたより、少しばかり、人の気持ちがわかるようになりました。夢に出てきて無念だと訴えて泣いているのは、ご亭主ではなく、お照さんですな。悲しい、つらい、恋しくて苦しいと、ご亭主ではなくあなたが、訴えて泣いているのですな。あなたの心が……」

「いいえ、違います」

襦袢の袖で顔を覆い、お照がくぐもった声でようやく言いかえした。

「半次郎さんが、毎晩、夢に出てきて、無念だと訴え、泣いていたのは、本当です。だからわたしは、半次郎さんの無念をはらすために、旦那さんに、本当の事情を明かしてほしいと、お願いしたんです」

「お照さんがそう思ったことを、偽りだと言うのではありません。しかし、あなたの心の奥底には、もっともっと沢山の、言いつくせぬ悲しいことやつらいことがある。そうとでも推量しなければ、あなたが三十両もの大金を、われわれに預けたまま、姿を消した辻褄《つじつま》が合わない。ある筋から、あなたのご両親の亡くなられた事情を、うかがいました」

お照の島田の髷と肩が小刻みに震えた。

「お照さんの父上が亡くなられた三ノ輪町の出来事を聞かされ、言葉を失いました。人の営みの惨《むご》たらしさに、今さらながらに驚かされました。それから母上が父上のあとを追われた。あなたが、十六の娘のころでしたな。大事なご両親を亡くされ、さぞかし心細く、つらかったでしょう。頼りにできる縁者はなく、たったひとりでお照さんは生きてこられた」

九十郎は震える島田から目を離さず、続けた。

「そうして今度は、夫婦の契りを結ばれたご亭主まで失った。頼りにできる、大事なご亭主だったのに。なんたることだ。人の不幸には際限がない。人が大事に、愛《いと》おしみ、慈しみ、恋しく思う者を、一体誰がなぜ奪うのでしょうな。それは、不運な災難ですか、避けられぬこの世の定めですか」

九十郎はひと呼吸をおき、お照の様子を見守った。

お照の忍び泣きと、果敢《はか》ない吐息が流れていた。

「まったくこの世は、辻褄の合わぬ事ばかりだ。三ノ輪町を出られてから、どのように暮らしてこられたのですか」

やがてお照は、赤くはれた目を九十郎との間に漂わせた。それから、

「両親が亡くなってから、あの町にはつらくて住めなかったんです。懐かしい町ですけれど、三ノ輪の町を出ました」

と言った。

「上野の口入れ屋さんで半季や一季の奉公先を紹介されて、生き長らえました。生き

ているのがつらいのに、死ねなかった。山下の常楽寺の門前でけころを始めたのは、十九でした」

九十郎は、やはりそうか、と思った。

昨日、藤五郎からお照が品川の旅籠で飯盛女《めしもりおんな》をしている事情を聞かされたとき、九十郎は何かしら、お照の心の景色が見えた気がした。

お照の心の奥底に沈んでいる哀愁が、了解できた気がしたのだった。

お照は続けた。

「気持ちがすさんで、何もかもがどうでもよくって、誘われるままに、身を沈めたんです。どんなお客さんだって、いやだと思ったことはなかったし、後悔なんてなかった。流れるままに、こんな仕事を身体がぼろぼろになるまで続けて、いつか働けなくなって、そして死んでいくんだなって、思っていたんです。それでかまわないから早く迎えにきてって、思っていたんです」

けころは、上野山下の大通りや横町などの門並《かどなみ》に前垂れ姿で見世を張り、客を引く女たちだった。代は二百文ほど、二朱で泊まることもできた。

「半次郎さんは馴染みのお客さんでした。ご改革の始まる前でした。なぜかわたしを気に入ってくれましてね。二日か三日おきに、くるようになっていたんです。優しくて、とてもいい人だけど、すぐに向きになるところがあって。半次郎さんも両親を早くに亡くしてひとり暮らしでした。だからきっと寂しかったんでしょう。寂しい者同士、気心の通じる何かがあったんでしょう」

「けころは寛政のご改革でお上のとり締まりを受け、姿を消したのでしたな」

九十郎が言い、お照は伏せた顔を頷かせた。

「姐さん方が大勢お縄になって吉原へいかされました。わたしはお縄にならなかったけど、寝泊まりするところもなくなって、身の回りの物をくるんだ風呂敷包みひとつ抱えて、深川へいくところでした。そしたら半次郎さんがわたしを捜しあて、お照、うちへこい、妻になれ、と言ったんです。冗談はよしてくださいって、わたし笑いました。だけど、半次郎さんは本気だったんです」

お照が半次郎の妻になったのが寛政の二年で、半次郎が日記を記し始めた寛政三年の正月が、夫婦になった二人の初めての新年だった。

「こんなわたしと夫婦になっても、半次郎さんは変わらずに、真面目で優しくて、本当にいい人でした。子供が好きで、子供をほしがっていました。夫でしたけれど、夫以上の人でした。恩人なんです。こんなことがあるんだろうか、初めは信じられなかった。神さまが間違って幸せを運んできてくれたんだと思いました。だから、恐いくらいでした。今に神さまは間違いに気づくんじゃないかって」

「半次郎さんの日記に、あなたのことが二人の初めての正月にひと言だけ書かれてありました。ほかはまったく出てこなかった。それはなぜです？」

「恥ずかしいからやめてくださいって、お願いしたんです。あんな商売をしていたんだし、三ノ輪町に住んでいたころのいろいろなつらい思い出があって。気にすることはないと言われたけれど、ただ嫌だったんです。半次郎さんはいい人だから、それからひと言も触れなくなったんです」

お照は涙をぬぐった。そして、「でも……」と物思いに沈むように言った。

「組屋敷の近所の人の中には、わたしの前に気づいた人はいると思います。半次郎さんがいい人だから、ご近所のみなさんは、わたしみたいな女を受け入れてくれたんです。半次郎さんがいいって言うんだから、仕方がないんじゃないのって」

そう言えば、組屋敷の隣の女房がお照の前を知っていそうな素ぶりだった。

「半次郎さんの、ご亭主の人柄が、偲《しの》ばれますな」

「ええ。だから、神さまは間違いに気づいて、半次郎さんを連れていってしまったんです。本当は連れていかれるのはわたしだったのに。わたしなんかを女房にしたばっかりに……」

「そんなことはない。お照さんは何も悪くない。少しも悪くはない」

「いえいえ、わたしが悪いんです。わたしの不運を、半次郎さんに負わせてしまったんです。わたしのせいなんです」

「だからあなたは、自分の身を売って、自らを苛《さいな》む生き方を選ばれたのですな」

九十郎は穏やかに言った。

「つまり、お照さんは自分を苛んで、あなたが心に抱える、苦しみ悲しみつらさ、恋しさを癒したかった。いや、消し去って忘れてしまいたかったのですな。だからこの金を、そっくりそのままわれらに投げ出されたのですな。わたしに頼んだ仕事が上手く運ぶか運ばぬか、それはお照さんにとって、どうでもよかったのですな」

お照は赤く潤んだ目で、膝わきの三十両の包みを見つめた。

「わたしは埒もなく仕舞屋などと名乗り、世間のもめ事やごたごたを表沙汰にならぬようにかけ合う謝礼で口を糊《のり》する身です。相手の弱みにつけこんだりとか、汚い手も使う、要するに、もみ消し屋です。ですからもみ消しに縮尻《しくじ》ったら、当然、謝礼はありません。それがこの生業の決まりです」

離れた御座敷で、また三味線と鉦や太鼓が賑やかに始まっていた。

「わたしは仕事を縮尻ました。わたしには、この仕事は無理だ。お照さんの苦しみ悲しみつらさ、恋しさを癒すことができません。消し去って忘れさせることが、できないのです。ゆえに、これはおかえしします。この金は仕舞ってください」

「だめです、だめです。これはもうわたしのお金ではありません」

顔を繰りかえし左右にふった。

「このお金は、お照さんが自分のために使うお金です」

するとお照は、束の間、九十郎を見上げ、それから金の包みに手をのばした。それを細い手で鷲《わし》づかみにし、差し上げた。

「だったら、お金なんていらない。お金なんて、大嫌い」

と、障子戸が開いた出窓から目黒川へ投げ捨てようとした。

九十郎は、その細い手首を咄嗟《とっさ》につかんだ。

「大嫌い、大嫌い……」

繰りかえし、九十郎の手をふりほどこうとするお照に言った。

「どれほど自分を責めても、神仏にすがっても、すぎたときはとり戻せません。苦しみ悲しみつらさ、恋しさを胸に仕舞って生きるしかないのです。お照さんはこれまでそうして生きてきた。しかし、これからもそうして生きていくしかないのです」

「放して。こうしなければ、半次郎さんに申しわけがたたないんです」

「お照さん、自分のために生きることがご亭主への供養なのだぞ。亡くなったご両親への供養なのだぞ。あなたは若い。そして強い。自分を愛おしみなさい。お照さんは何も間違ってはいない。あなたは少しも、間違ってはいないのだ」

お照が空しく身をよじったが、九十郎につかまれてどうにもならなかった。

手の中の小判が、音をたててこぼれた。それと一緒に、新たな涙を潤んだ目から滂《ぼう》沱《だ》とあふれさせた。

お照は童女のように、悲痛な泣き声を絞り出した。

九十郎が手を放すと、がっくりと畳に両手を突き、そうしてうつぶせになった。堪《こら》えていたものが一気にあふれ出して、ひとしきり、声を放って泣いた。

お座敷から流れる三味線と鉦や太鼓の賑やかな騒ぎや、階段をのぼり下りする人の笑い声やら声高《こわだか》なお喋りやらが、お照の泣き声を消した。

二

お兼新道から路地へ折れ、二階の物干し台に干した帷子や下着が遅い午後の日を浴びていた。

いき合った近所のおかみさんと言葉を交わしていると、九十郎の声を聞きつけた龍之介が「先生、お帰りなさい」と、店から駆け出してきた。

「龍之介、きていたか」

九十郎はのどかに路地を歩み、垣根の戸を開いた。

「大変です、先生。お七が、あの、お七が、ご奉公をやめるそうです」

龍之介は顔を紅潮させ、うろたえていた。

「そうか、やめるのか。それは残念だが、仕方がないな」

「仕方がないって、先生は、お七をやめさせるおつもりですか」

「龍之介、それはお七が決めることだ」

九十郎は表の引違い戸を開けた。

すると、台所の間から表の間の三畳にお七がいつも通り出てきて、上がり端に手をつき、「旦那さま、お帰りなさいませ」と言った。

お七は襷がけで、夕食の支度にかかっているらしいほのかないい匂いがしている。

「うん、戻った」

言いながら九十郎は、台所の間の板敷から表土間の九十郎へ低頭しているおかみさんふうの年増と、おかみさんに並んで板敷に手をついている幼い童女を認めた。

「お客か？」

九十郎は刀をはずし、小声で訊いた。

「はい、あの、麴町の、伯母と妹です」

お七が少しためらって言った。

「おお、お七の伯母さんと妹か。何かあったのか」

「いいえ。別に何もありません。でも伯母が旦那さまにご挨拶《あいさつ》したいと……」

「ねえ、先生」

と、龍之介が九十郎を見上げた。

そうか——と九十郎は上がり、台所の間へ入った。

伯母と妹は、手をついて顔は伏せたままである。

竈に火が熾《おこ》り、ご飯を炊いている最中だった。

勝手の土間の明かりとりの窓の障子に、西陽があたっている。

お七がきてから、なんとなくいつも暖かくなった台所の間である。

「これはどうも……」

九十郎が言い、伯母と妹に向き合って坐った。

手をついた格好で五、六歳の妹が顔だけを上げ、好奇心のあふれた丸い目で九十郎を見つめた。

お七より丸顔で、やはり可愛い顔だちである。

九十郎の板敷においた刀の鍔が鳴ると、隠れるみたいに顔を伏せた。

龍之介は従者のように、九十郎の後ろに畏まった。事のなりゆきを当然のごとく見守るつもりらしい。

お七は、茶の支度を始めていた。九十郎が外から帰ったとき、お七は必ず茶を出した。それで気持ちがなごむのが、ここのところ習慣になっていた。

「九十九九十郎《つくもくじゅうろう》です。お七の伯母さんですか」

「はい。お七の伯母の栄《えい》と申します。これはお七の妹のお勢《せい》でございます。このたびはお七がお世話になっておりながら、旦那さまにご挨拶もせぬままご無礼をいたしました。お詫び申し上げます」

伯母のお栄が低頭したまま、そわそわと言った。

「いやいや。どうぞ手を上げてください。お七の世話になっているのはわたしの方です。お七はとても気の利く働き者です。助かっております」

「まだまだ子供で、どこまできちんとご奉公できておりますか、心もとのうございましたが、そのように言っていただき安心いたしました」

「お勢、歳は幾つだ？」

九十郎は、とき折りちらちらと見上げるお勢に笑いかけた。

「六歳になりました」

お勢が元気よく小さな身体を上げ、一所懸命に声を張り上げた。

「六歳か。そうか。姉さんに似て器量よしだな」

「はい」

と、明るい笑顔を見せ、見守るお栄と九十郎を笑わせた。

ようやく手を上げても目を伏せているお栄は、まだ四十前の年ごろの、これも顔だちは悪くないが、いかにも町家のおかみさん、というふうな人柄がうかがえた。

「お住まいは麴町と、お七から聞いております。わたしどもへ挨拶のために、わざわざ麴町から見えられたのですか」

「さようではございますが、あの……」

「それは恐縮です。奉公と言いましても、このような家です。挨拶など、堅苦しいことは、よろしいのですがな」

「じつは、お七がこちらにご奉公いたしておりますことを、わたしどもは存じ上げなかったんでございます。年が明け、主人が年始廻りを始めていたころでございます。

働きに出るから心配はいらない、と書置をひとつだけ残して、黙って家を出てしまったんでございます。もうそのあと家中が大さわぎになりまして、お勢は姉ちゃんがいなくなったと泣きますし、主人と倅《せがれ》らは町内を捜し廻りますし……」

「おやおや、それは……」

お七が九十郎の前に茶碗をおき、生意気な口調でお栄に言った。

「伯母さん、旦那さまは仕事でお疲れなのだから、手短にしてね」

「だって、しょうがないじゃないか。お七がいけないんだよ」

「伯母さんに言ったじゃない。ご奉公に出たいって。そうだねって、伯母さん、言ってたでしょう」

「それはおまえ、嫁入り前にしかるべきお武家屋敷に奉公して、ちゃんとした行儀見習いのために。あ、ご無礼を申しました。お許しください」

お栄は、九十郎のこの古びた裏店も侍の住まいであることを思い出し、また手をついて恐縮した。九十郎は苦笑を浮かべ、

「気になさらずともよろしいのです。それよりお栄さんのお店は、ご商売をしておられるのですか」

と、気になって訊いた。

「はい。麴町二丁目の半蔵御門前の通りに、若松屋《わかまつや》と申しますお茶問屋を開いております。主人は若松屋佐平《さへい》でございます」

「おお、半蔵御門前の通りの、茶問屋の若松屋か。勤めておったころ、お店の前を通りかかった覚えがあります。茶は贅沢《ぜいたく》なので、なかなか飲めなかったからお店に入ったことはないが、お七はあの若松屋の娘か」

「娘ではありません。厄介です」

「またそんなことを。人聞きが悪いじゃないか」

お栄が困った顔をした。

内情は知らないが、若松屋というお茶問屋は老舗《しにせ》と聞いている。姪《めい》を奉公に出さねばならない貧しい店とは、とうてい思えない。

お七、ここへ坐りなさい――と、九十郎はお七をお勢の隣へ坐らせた。

お勢はお七をもう放すまいとするかのように、嬉しそうに腕にすがった。

「わたしはお七から、会津の両親が亡くなって、江戸の伯母さんのお店に姉妹で厄介になっているが、伯母さんのお店は暮らしが大変で、自分が働かねばならないのだと聞かされておりました」

「あらまあ、この子は……」

お栄が呆れてお七を見つめた。

「お七は十二歳とは思えぬくらい気だてがしっかりしており、もう自分の考えを持った賢い娘だとはわかりましたが、だとしても十二歳でけな気な子だ、と思っておりました」

「そのように申したのでございますか。まことに申しわけないことでございます。さようでございますね。この姉妹の母親はわたくしの妹でございまして、会津の料理屋に嫁ぎ、この子たちが生まれたのでございますが、一年半ほど前の、お七が十歳のとき、わけがあって両親が亡くなり、わたしどもが引きとったのでございます」

お栄は、お七とお勢の両親がどういう事情で亡くなったのかは話さなかった。お七も話していないし、九十郎も訊かなかった。

お七は、両親が斬られた、と龍之介に言っていた。こんな若いお七にも、すぎたときの彼方に、何か抱えているものがあるのか、と今は思うようになった。

けれど、お七の内情に立ち入るのははばかられた。

縁があれば、お七の方から話すだろう、と九十郎は思っていた。

お栄の話が続いた。

一年と半年前、お七とお勢は麴町の伯母の家、すなわち老舗の茶問屋・若松屋に引きとられ、娘として暮らし始めた。

若松屋には十六歳のすでに店の若衆として働いている長男と、十三歳、十歳の三人の倅がいて、兄弟姉妹五人になって、娘をほしいと思っていた主人の佐平とお栄夫婦はお七とお勢を可愛がり、姉妹を引きとる前より一家は賑やかになっていた。

ところが年が明けた正月、お七が一枚の書置を残して誰にも何も言わず、忽然《こつぜん》とお店を出て、家中大騒ぎになったのである。

佐平お栄夫婦は、大変なことだ、お七の身に何かあっては、と手をつくして訊ね廻った挙句、昨日、神田の口入れ屋・椋鳥屋で奉公先を探していたお七らしき娘の噂を聞きつけた。

お栄はお勢を連れて早速、椋鳥屋を訪ね、そうして九十郎の裏店を教えられた、という経緯だった。

「なるほど、そういうことでしたか。わたしはお七が、暮らしが大変な家の娘だとばかり思っておりました」

「相すまないことで、ございます」

お栄はまた低頭した。

「でも伯母さん、わたしは旦那さまにご奉公を続けるよ。お勢のことをお願いね。お勢、伯父さん伯母さんの言うことをちゃんと聞いて、いい子にして暮らすんだよ」

うん、と頷いたお勢の顔がちょっとべそをかきそうになった。

「何を言うの。伯父さんもずいぶんおまえの身を案じていたんだよ。家に帰って、伯父さんを安心させておくれ」

「お世話になった伯父さんには、本当に済まないと思っているわ。優しくて大好きな伯父さんだけど、わたし、こちらでご奉公を続けたいの。お願い、伯母さん、わたしのわがままを許してちょうだい。時どきは旦那さまにお休みをもらって、伯父さん伯母さんの顔を見にいくから」

「だっておまえ……」

お七の頑なな様子に、お栄は困惑顔になった。

後ろに控えている龍之介が、ふう、と大人びた溜息をついた。

九十郎はお七を睨《にら》み、お七は肩をすぼめてうな垂れ九十郎の目を避けた。

可愛い顔をして、頑固で、一徹な娘だった。

十二歳の子供とは思えなかった。

会津の両親が亡くなった事情を訊きたかったが、幼ないお勢と目が合い、九十郎はそれを口にできなかった。ただ、九十郎の目を避けてうな垂れたお七が、無性に愛おしくなった。

「お七、剣を習いたいのか」

九十郎が訊くと、お七は「はい……」と小さな声で答えた。

「ええ？　剣を習うって、おまえ、一体何を考えているの。馬鹿なことを言っちゃあいけないよ」

お栄が呆れてお七をたしなめ、お勢は姉の腕を離さず、じっと見上げた。

なるほど、お七には内に秘めたものがあったのだなと、九十郎はようやく気づいた。

「そうか。剣を習って、両親の仇《かたき》を討つのか」

「はい……」

「ゆえに、侍の家の奉公が望みだったのだな」

はい——とお七が答え、お栄は言葉が継げず、ただ唖然としてお七を見つめた。

「旦那さま、わたし、椋鳥屋の周次さんに言われたんです」

お七がしっかりと顔を上げた。

「立派なお侍かどうか、そんなこと簡単にはわからねえ。無駄だ、諦めなって。でも周次さんがそのあとで言ったんです。ちょっと変わったお侍ならいる、元お役人で剣術の腕はたつらしいが、ちっともお侍らしくないお侍ならいるけどなって……」

お七に見つめられ、九十郎の方が困った。

「そのとき、お父っつあんとおっ母さんの声が聞こえたんです。お七、お七、って呼ぶ声が聞こえたんです。そしたら急になぜか、そのお侍さまだって思えて、わたし、周次さんに、そこへいきます、って言ったんです。そのお侍さまが旦那さまでした」

お七の思いが、まっすぐに伝わってきた。

人は人の心の中で生きるか、と九十郎は考えた。

お照のように、悲しいほどの負い目を感じ、ひたすら自分を捨てて生きている女がいる。お七のように、心の奥に思いを秘めて、頑固に、一徹に、おのれを貫こうとする十二歳の娘がいる。

お七の腕にすがったお勢と目が合い、九十郎は微笑んだ。

「わたしも、お父っつあんとおっ母さんの仇を討つ」

と、お勢が九十郎へ恥ずかしそうに言った。

お栄が、もうあんたたちは、というふうな溜息をついた。

九十郎は「ふむ」と頷いた。そうして思った。

このお勢や龍之介のように、純朴に、成長を続ける子供らがいる。

人は様々だ。まあよかろう。悪くはない。誰も少しも悪くはないのだからな。
誰もみな、人の心の中に生きているのだからな。
九十郎は思った。

本書は2014年2月に刊行された徳間文庫の新装版です。

徳間文庫

仕《し》舞《まい》屋侍《やざむらい》

〈新装版〉

2025年1月15日　初刷

著者　辻《つじ》堂《どう》魁《かい》

発行者　小宮英行

発行所　株式会社徳間書店

東京都品川区上大崎三-一-一　〒141-8202
目黒セントラルスクエア

電話　編集〇三(五四〇三)四三四九
販売〇四九(二九三)五五二一

振替　〇〇一四〇-〇-四四三九二

印刷
製本　中央精版印刷株式会社

ISBN978-4-19-894988-4　（乱丁、落丁本はお取りかえいたします）